세상,
그물코의
비밀

세상, 그물코의 비밀

초판 1쇄 발행 · 2019년 4월 30일
초판 2쇄 발행 · 2019년 7월 25일

지은이 · 유경숙
펴낸이 · 한봉숙
펴낸곳 · 푸른사상사

주간 · 맹문재 | 편집 · 지순이 | 교정 · 김수란
등록 · 1999년 7월 8일 제2－2876호
주소 · 경기도 파주시 회동길 337－16 푸른사상사
대표전화 · 031) 955－9111(2) | 팩시밀리 · 031) 955－9114
이메일 · prun21c@hanmail.net
홈페이지 · http://www.prun21c.com

ⓒ 유경숙, 2019

ISBN 979－11－308－1421－6   03810
값 15,500원

이 도서의 국립중앙도서관 출판예정도서목록(CIP)은 서지정보유통지원시스템
홈페이지(http://seoji.nl.go.kr)와 국가자료공동목록시스템(http://www.nl.go.kr/
kolisnet)에서 이용하실 수 있습니다.(CIP제어번호: CIP2019015368)

세상,
그물코의
비밀

유경숙 산문집

 푸른사상
PRUNSASANG

세상사, 창랑의 물이 맑은 날이 며칠이나 되겠는가?

　　창랑의 물이 맑으면
　　갓끈을 씻고
　　창랑의 물이 흐리면
　　내 발을 씻으리.

『초사(楚辭)』 굴원 편에 나오는 「어부사」의 노랫말이다. 나는 여기서 굴원의 고결함보다 어부의 노랫말에 방점을 찍어야 옳다고 믿는 사람이다. 한때, 고전은 나의 정신적 밥이었지만, 일찍이 곁길로 빠져, 상앗대로 장단을 치며 떠난 어부처럼 실용을 찾아 세상을 떠돌았는지도 모르겠다. 이즈음은 강물이 맑고 탁한 것을 따지기보다 그 물에 발을 씻고 어딘가 다른 여정으로 건너갈 것을 꿈꾼다. 내 더러운 발을 씻기에 탁한 물마저 고마울 뿐이다. 애초부터 내게는 추상(推尙)할 갓끈도 없었을뿐더러 따를 학파나 고귀한 이념도 없었다. 그런 테두리 안에 갇히지 않고 글을 쓰려 노력했다. 그러기에 여기 실린 짤막한 산문들도 주류 문학이나 사상을 따라가는 게 아니라 강가의 늪이나 못가에서 어슬렁거리다 한 토막씩 건져 올린 잡스러운 것들이다.

세상의 사물과 생물에는 그것만이 지닌 세밀화가 숨겨져 있다. 제 살 궁리로 골몰하는 치열함, 그것이 어떤 그물코를 만들고 세상과 소통을 시도하고 연결되어 하나의 종(種)을 유지하며 살아내는 것, 커다란 수레바퀴 같은 메커니즘을 만들어내는 것은 아닐지? 내가 세상을 걸으며 만났던 모든 낱생명의 식물과 동물 그리고 무생물 앞에서 오래도록 발걸음을 멈추고 바라보는 이유도 거기에 있다. 자연현상과 세상과의 관계, 저들의 세밀화 속에 숨겨진 지문을 찾고, 생명의 들숨과 날숨소리를 듣고 또 미세한 떨림을 관찰하여 인간의 언어로 전하는 것, 그것이 나의 글쓰기 작업이다. 옛사람들은 사물 속의 정밀을 어떻게 관찰했으며 교감의 신호를 읽어냈고 그것의 메커니즘을 꿰뚫었을까. 책에서 들려주는 세상 이야기의 의문이, 이국의 낯선 땅을 걷다가 번쩍하고 뒤통수를 칠 때가 있었다.

내 삶의 절반의 안내자는 여행이었고 책이었다. 여기서 얻은 소재나 경험이 글의 동력이었고 살게 하는 힘이었다. 이제 창요한 골짜기에 다다랐다. 생(生)의 저물녘에 행운이 따른다면, 나의 민낯과 내면의 깊이까지도 비춰볼 수 있는 거울처럼 맑은 옹달샘 하나 만나서 깨끗하게 세수할 수 있었으면.

젊은 날, 내 꼴은 코나투스(conatus)와 이성 간에 고삐 채기 투쟁으로 여기저기 뿔이 솟아, 꼴불견이었을 것이다. 스스로 낸 상처 안에 갇혀 시간을 허비하는 사이 젊음은 쏜살같이 내빼버렸다. 이제야 내면의 힘이었던 코나투스가 보이고 그 뿔을 죄고 다스릴 감이 잡히는 중인데…….

'온 세상이 모두 흐린데 나만 홀로 맑고, 모든 사람이 다 취했는데 나만 홀로 깨어 있다'라는 생각은 동종 생물에 대한 반칙이지 않은가. 그때, 상강(湘江)을 건너지 않았더라면, 나는 지금 어떤 늙은이로 강가에 쭈그려 앉아 세상 탓만 하고 있을까? 아찔하다!

오래전, 가톨릭 매체에 연재했던 묵상 글과 잡지 등에 기고했던 잡문을 한집에 묶는다.

2019년 봄에, 유경숙 쓰다

■ 차례

1 모정

4 책과 영화의 뒷담화

1

모정

방언

초하에 춤 구경을 갔었다. '방언(方言)'이란 수상쩍은 제목이 붙은 공연이었다. 희수를 맞은 정덕미 선생의 발표회였다. 그에게는 첫 무대였고, 정동극장 무대에 홀로 선 그는 체로금풍(體露金風)*에 든 나무처럼 깊고 여여한 모습이었다. 그의 몸에서 오랫동안 잠들어 있던 화신이 일흔일곱 노체(老體)를 통해 그 존재감을 유감없이 발휘하는 순간이었다. 그는 무대 인사말에서 이렇게 말문을 열었다, "살다 보니 어쩌다가 여기까지 왔습니다. 아무 영검 없이 시가 좋고 노래가 좋고 춤을 좋아하며 살았지만 길을 몰랐습니다. 문

....

* 가을바람에 잎이 모두 떨어지면 나무 본연의 모습이 드러난다는 뜻. 운문선사의 말.

이 열리지 않았습니다. 혼자 터벅터벅 길을 찾아 헤매는 장님 꼴이었지요. 그러나 저는 간절했습니다. 이럴 수가 없다고 기도했습니다."라고. 그의 일생 동안 간절했던 기도가 영성무용(Spiritual Dance)으로 피어나는 첫 순간이었다.

무대의 검은 휘장이 걷히며, 제1막에서는 황병기의 거문고 산조 〈추천사〉가 흘러나왔다. 은회색 반회장저고리에 남빛 치마를 입은 이가 성큼성큼 걸어 나와 학처럼 가벼이 날아올랐다. '막달라 마리아의 방언'이란 부제가 붙은 탱고 춤을 출 때는 섹시한 드레스 자락을 휘날리며 창녀처럼 요염하게 몸을 드러내기도 했다. 휘어지고 부실한 맨종아리를 살짝살짝 드러내며 리듬을 탔다. 1막과 2막의 무대가 화려했다면 3막의 무대는 무채색이었다. 제3막, '하늘 가는 길'은 장사익의 노래 〈하늘 가는 길〉을 그대로 안무 제목으로 따다 붙였다. 무대 바닥과 천장이 온통 흰빛이었다. 몇 가닥의 무명천을 가로질러 허공으로 길을 냈고 지금 막 육체를 빠져나온 영혼이 어리둥절해하며 하늘로 가는 길을 더듬더듬 찾아가는 중이었다. 천장에서부터 늘어뜨린 무명천이 만장(輓章)처럼 너울거렸고 요령 소리가 가까워졌다 멀어지고 또 흐릿했다가 명료해지는 묘한 분위기를 자아냈다. 영혼은 갈팡질팡 걸음을 뗄까 말까 망설이며 자꾸만 뒤를 돌아다보았다. 첫걸음마를 하는 어린애처럼 벌벌 떨며 황천길을 노려보고 있던 망자의 모습. 그때, 정덕미 선생의 하얀 버선발이 내 눈에 띄었고, 순간 숨이 콱 막히며 예리한 금속성이 가슴을 긋고 지나가는 통증을 느꼈다. 절체절명의 순간처럼 오목가슴께가 찔리듯 아팠다. 3년 전에 떠나가신 어머니, 그분 관 속에 가지런히 묶였던 옥양목 버선발이 거기 있었다. 불교식으로 염습(斂襲)을 해드렸었다. 어머니는 동생이 직접 지은 한복 수의를 입고 가셨다. 그때 신으셨던 옥양목 버선발의 모습이 거기 있었다. 나도 모르게 입속말로 계속 주문을 외고 있었다, "한 발 한 발 내딛으세요, 어머니! 빛을 따라 앞으로 나아가세요." 하고. 한참을 비틀거리던 영혼은 마지막으로 뒤를 길게 돌아보더니, 훨훨 춤을 추며 떠났다. 그런데 이상하게 콱 막혔던 내 가슴도 시나브로 뚫리며 폐 깊은 곳까지 숨결이 닿는 느낌이었다. 얼마나 많은 눈물이 쏟아졌던지 공연이 끝나고도 한참 동안 얼굴을 들지 못했다. 겨릅대처럼 가볍고 농익은 노체에서 뿜어져 나오는 열정이 공연장을 숨죽이게 했다. 소싯적부터 몸 안에 켜켜이 쌓인 춤출 거리가 예순이 넘어 깨어났다고 했다. 정덕미 소피아, 그의 오랜 기다림의 기도가 영성의 꽃을 활짝 피워내는 순간이었다. 화양연화(花樣年華)와 같은 절정의 순간!

우리는 조물주의 정원에 잠깐 심겨졌던 한 그루의 나무이다. 꽃 한번 활짝 피웠다가 본향으로 돌아가는 존재들이다. 서른여덟에 육남매를 떠안고 과부가 되었던 여인, 그 여인이 이승의 삶에서 어디 꽃 한번 피워볼 여유가 있었을까. 발꿈치가 닳고 닳도록 세상을 뛰어 육남매를 무사히 키워 이소(離巢)까지 시켜놓고 보니 남은 것이라곤 헐렁한 껍데기뿐이었다. 말년에는 정신마저 수시로 들랑날랑하는 시공간의 경계를 넘나드는 삶을 살았다. 40년 전 과거의 삶과 현재를 동시에 살아가는 어머니는 아침에 눈을 뜨면 새댁이었다가 해 질 녘이면 노인으로 돌아가 시름에 잠겼다. 다행히 월경자(越境者)의 삶은 그리 길지 않았다. 나는 공연을 보는 내내 어머니의 영혼과 마주했던 느낌이었다. 그해는 돌아가신 지 3주기가 되던 봄이었다. 한 편의 춤 공연을 보며 참 이상하고도 특이한 체험을 했던 봄이었다. 한 영혼에게는 천도제가 되었고, 환영을 보았든 내 설움에 취했었든, 모녀의 가슴에 맺혔던 응어리가 풀리는 해원(解冤)의 시간이기도 했다. 일흔일곱 정덕미 선생의 노체에서 뿜어져 나왔던 춤은 그야말로 '방언'이었다.

배롱나무 아래에서

　　나는 지금, 잠두봉 난간에 서 있다.
9월이 되면 나도 모르게 이곳으로 발걸음이 옮겨진다. 절두산 성당 마당에 서 있는 배롱나무를 바라보고 있노라면 소소영영(昭昭靈靈)한 한 줄기 빛이 내 정수리 위로 스쳐가는 듯하다. 오늘따라 배롱나무 꽃이 더욱 선명한 진홍색을 발하며 향기를 날린다. 160여 년 전 그날, 이 땅에 떨어진 임들의 뜨거운 선혈이 저 꽃잎처럼 진홍빛이지 않았을까? 해서 자꾸만 발밑을 돌아보게 된다.

　　이곳 잠두봉(蠶頭峰)은 누에가 대가리를 치켜든 모습과 닮았다, 하여 소박한 이름을 지녔던 동산이었다. 깎아지른 절벽 아래로 한강의 푸른 물줄기가 굽이치는 나루를 낀 강가였다. 그런데 병인년 그해 여름, 선혈이 낭자하게 목이 잘리는 사건을 겪고 다시 붙여진 이름 '절두산'. 나는 그 절벽 난간 끝에 서서 그날의 참수 현장을 떠올려본다. 핏빛 영혼들이 어려 있는 땅!

지금부터 15, 6년 전쯤, 나는 매일 아침밥만 먹으면 이곳으로 왔다. 그때 내가 할 수 있는 일이라고는 기도밖에 없었다. 지나가는 사람 아무나 붙들고 '제 아들을 위해서 기도 좀 해주세요'라고, 매달리고 싶은 심정이었으니까. 그때, 여기 모셔진 성인들의 유해와 무명 순교자의 넋을 만나면서 이곳과 인연이 깊어졌다. 처음엔 기도만 올리기에 급급했지만 시간이 가고 차츰 정신이 들고 눈물이 마르면서 주변의 것들이 내 눈에 보이기 시작했다. 저 배롱나무와 사람을 죽인 형구돌*까지도 내 기도를 도와주는 것 같았다. 지하 성당에 들어서면 거기 안치된 성인들의 유해와 교감을 나누듯 한 분 한 분 이름을 불러가며 기도를 부탁드렸다. "제 아들의 시력을 지켜주세요, 지금만큼만이라도 세상을 볼 수 있도록……"이라고 청했다. 그리고 나는 그분들의 하늘나라 안식을 위해 묵주기도를 바쳤다.

새 학기가 막 시작된 초봄이었다. 중학교 2학년짜리 아들에게 녹내장이란 병명이 떨어졌다. 시야가 점점 좁아져 끝내는

......
* 천주교 신자들의 사형 집행에 사용됐던 돌로 만든 사형 기구.

보이지 않게 된다는 무서운 병. 서울에서 제일 유명하다는 대학병원 세 곳을 돌아봤지만 결과는 똑같았다. 안압이 정상적인 상태에서도 시야가 좁아져, 세상을 긴 대롱을 통해 보는 것처럼 점으로 보이다가 결국 흑점이 되는 희귀한 녹내장. 지금도 마찬가지지만 현대의학으로는 치료 방법도 발병 원인도 찾을 수 없는 질환이다. 병을 일으키는 원인을 찾아내야 치료약이 개발되는데, 이 병은 아직도 원인을 밝혀내지 못하고 있다. 몇 십 년째 연구와 실험만 계속되고 있는 상태이다. 이제 막 사춘기에 접어든 남자아이에게 어쩌란 말인가? 야속한 하느님! 우리 가족은 벌써 세상이 캄캄해진 듯 절망에 차 있었다.

그날도 눈이 퉁퉁 붓도록 울었다. 어디서 그렇게 눈물이 많이 나오는지? 마치 옹달샘 하나가 내 안에 들어 있는 것처럼 눈물이 그치지 않았다. 지금 와서 고백컨대 이 난간에 서서 흘러가는 강물을 내려다보며 여러 번 위험스런 생각에 빠졌던 적도 있다. 그러던 어느 날 언덕 위의 김대건 신부님 동상을 올려다보게 되었다. 오른손을 높이 치켜든 그분이 나를 부르는 듯했다. 나는 그 밑으로 기어가 무릎을 꿇었다. 가슴에 왼손을 얹고 다소곳이 나를 내려다보며 강복을 주시는 듯했다. 그때 나도 모르게 용기가 솟았다. '그래, 구일기도를 시작하자, 하느님이 제일 잘 들어주신다던 그 기도를……' 그날 저녁부터 촛불을 켜고 54일 기도에 들어갔다. 어떻게 소문이 퍼졌는지 반장과

구역장님이 찾아오고 얼굴도 모르던 레지오 단원들이 한 사람 두 사람 모여들더니 청원기도 중반을 넘어선 무렵엔 32평 아파트가 비좁을 정도로 기도꾼들이 모여들었다. 구역 형제님들도 퇴근을 서둘러 여덟 시 반이면 거실이 꽉 찼다. 그날 1등으로 오신 분이 기도를 이끌었고 마칠 때는 각자 준비해온 자유기도를 한 사람씩 돌아가며 바쳤다. 54일이 눈 깜짝할 사이에 흘러갔다.

몇 년간 검사가 계속되었다. 워낙 서서히 진행되는 병이라, 변화가 있는지 수시로 검사해야 했다. 검사 결과가 나올 때까지는 피가 마르는 시간이었다. 10년 이상 꾸준히 검사를 지켜본 결과 다행히 진행성이 아닌 것으로 결론이 났다. 미숙아 때 인큐베이터 안에서 시력이 상한 것으로 유추할 수밖에. 방학 때마다 수도 없이 많은 검사를 치러낸 후 아들은 무사히 대학까지 졸업했다. 하지만 군대는 못 갔다. 시야가 좁은 사람은 사격 훈련을 할 수 없다는 장애 판정이 나왔기 때문이다. 문예창작학과를 나온 아들은 현재 출판 편집 공부를 하며 전문가의 꿈을 키우고 있다. 기타 연주와 노래를 잘하는 아들은 청년 성가대에서 열심히 활동하고 있다.

올해 스물여섯 살인 아들의 얼굴을 가만히 들여다보며 김대건 신부님을 떠올려본다. 아직 이마의 푸른빛도 벗지 못한 저

나이에 어떻게 그렇게 엄청난 결심을 하게 되었을까? 희광이가 휘두르는 칼날 아래 거침없이 목을 드러내주며 "이렇게 하면 잘 벨 수 있겠느냐?" 하셨다던 그 무서운 용기와 힘이 어디서 나왔을까. 초롱초롱한 눈빛을 감추고 서슬 퍼런 칼날을 받았을 그 순간을! 지금 생각해봐도 소름이 오싹 끼친다.

오늘도 나는 절두산 언덕을 힘차게 올라와 김대건 신부님의 동상을 어루만져본다. 절망 속에 빠졌던 우리 가족을 불러주셨던 분. 그리고 기도의 힘을 실어주었던 이 신령스러운 땅. 여러분들도 9월이 다 가기 전에 절두산에 꼭 한번 와보시길. 배롱나무 꽃이 절정을 이뤄 피 흘리신 신앙의 선조들 넋을 기리는 듯하다. 저 꽃잎처럼 순결하게 가신 넋들이여! 하늘나라에서 무량한 영광 받으소서!

만쿠르트의 전설

오늘은, 한 어머니의 주검이 민족의
공동묘지가 되어 전해오는 '아나 베이트' 이야기를 하려고 한
다. 『백 년보다 긴 하루』의 소설에서 '만쿠르트'*라는 노예는 제
어머니에게 활시위를 당기는 비극의 청년이었다. 소설의 제목
이 암시하듯 하루 동안에 치러지는 장례식을 두고 문명의 전환
기 세태를 그려낸 소설이다. 전설로 전해져오는 조상들의 공동
묘지 '아나 베이트(어머니의 영면[永眠])'에 카잔갑의 묘지를 쓰
면서 그의 자식들과 고향을 지키는 늙은 상이용사 간에 의견이
대립되면서, 민족사에 얽힌 이야기가 풀려 나오는 소설이다.

....
* 기억상실증으로 자기 정체성을 잃어버린 노예.

아주 옛날 옛적, 사마르칸트의 사막에 '주안주안족'이란 잔인한 민족이 살고 있었다. 그들은 전쟁에서 사로잡은 포로의 머리카락을 빡빡 깎고, 거기에다 갓 잡은 낙타의 젖통 가죽으로 만든 '쉬리'라는 모자를 뒤집어씌운 채 손발을 묶고 땡볕 사막에 내던져놓는다. 그리고 몇 날 며칠 음식은 물론 물도 주지 않고 버려둔다. 그러면 축축했던 쉬리가 말라붙으며 머리통을 조이고 압박한다. 마치 쇠테를 박는 듯, 두개골을 쪼개는 듯한 고통이 따른다. 더구나 새로 자라나는 머리칼이 뻗어 나갈 곳을 찾지 못해 다시 살가죽 속으로 파고드는 현상은 말로는 표현할 수 없는 극한의 고통이었다. 이런 치명적 고통을 견디고 살아남을 장사가 몇이나 있겠는가? 포로들은 대부분 고통을 이기지 못해 죽었다. 극도로 건강하고 생명줄이 질긴 몇몇 사람만 생존했다. 살아남은 후에도 혹독한 고문으로 과거의 기억들을 깡그리 잊어버렸다. 그래서 그들은 자신이 어디서 왔는지, 뉘 집 아들이었던지, 누구인지도 몰라, 개처럼 밥을 주는 주인만 따르게 된다. 이런 그들의 몸값이 보통 노예의 몇 배에 달했다고 한다. 누구도 견디기 힘든 불모지 환경에서 생명을 부지하고 살아났으니. '나이만 아나'라는 여인은 전쟁에서 돌아오지 않은 아들을 찾아 나섰다. 여자인 몸으로 낙타 한 마리에 몸을 의지한 채 혼자 떠났다. 수개월 동안 황야의 벌판을 떠돌며 헤맨 끝에 주안주안족의 목초지로 잠입하게 된다. 해가 질 무렵쯤에야 낙타 무리 틈에서 목동이 된 아들을 발견했다. 여인은 청년을 붙들고 "네가 내 아들이다."라고 말했다. 하지만 기억상실증에 걸린 목동은 어머니를 알아보지 못했다. 그때 그 광경을 몰래 지켜보고 있던 주인이 "네 머리를 벗기러 온 여자다."라고 말하자, 가차 없이 자기 어머니에게 활시위를 겨눴다는 것이다. 중앙아시아 스텝 지역에서 전해져오는 전설이다. 그 어머니가 묻힌 곳이 민족의 공동묘지가 되었고 '어머니의 영면'이란 뜻을 지닌 '아나 베이트' 묘지가 되었다.

이 같은 전설 속 노예의 비극이 현재를 살아가고 있는 우리의 삶과 무관하지 않다. 얼마 전에도 우리는 세기적 금융 위기를 겪었다. 돈과 물질주의 그리고 주식의 노예가 되어 너나없이 고도성장만을 좇다가 혹독한 대가를 치른 셈이었다. 보이지 않는 자본의 손길에 끌려드는 것을 알아채지 못한 결과였다. 『백 년보다 긴 하루』라는 소설에서는 인간의 보편적 가치와 노예의 뼈저린 비극을 잊지 말라고 일깨워준다. 기억을 말살당하고 자기의 정체성을 잃어버린 아들에게 살해된 어머니가 묻힌 곳. 그곳 '아나 베이트' 공동묘지는 사마르칸트 유목민족에게 '전통의 가치'로 상징되던 곳이었다.

그런데, 그런 상징적인 곳이 러시아의 우주비행장이 건설되고 로켓을 쏘아 올리는 비행선 발사 지역으로 지정되었다. 누구도 상부의 명령 없이는 출입할 수 없는 '통제구역'이 되어버렸다. 그래서 민족의 공동묘지를 지키려는 마을의 터줏대감인 늙은 상이용사와 아버지의 장례식을 빨리 치르고 도시의 일자리로 돌아가야 하는 자식들 간에 일어나는 충돌로 전통의 가치가 부서지는 이야기가 『백 년보다 긴 하루』라는 소설이다. 키르기스스탄 출신 작가, 징기스 아이트마토프는 이 소설을 통해 현대인들에게 섬뜩한 목소리로 메타포를 던진다. 물질의 풍요와 돈만 좇는 현대인들에게 어떤 형태로 만쿠르트의 뼈저린 아픔이 닥쳐올지, 아무도 모를 것이라고……. 작금의 금융시장을 좌지우지하는 사람들은 전쟁으로 돈을 버는 국가 또는 군수물자를 생산하는 방산기업들이 대다수이다. 통제구역 안에서 어떤 수상쩍은 일들이 벌어지고 있는지. 두 눈을 부릅뜨고 지켜야 할 '아나 베이트'…….

탱자나무집 남자

내 고향집은 아직도 생울타리다. 오래전부터 비어 있다. 이 고요한 빈집을 유실수와 약재 나무들이 지키고 있다. 또 그것들을 보호하는 탱자나무가 짱짱하게 울을 치고 있다. 지난가을에도 탱글탱글한 탱자 한 소쿠리를 따 왔다. 저 혼자 꽃 피고 열매 맺어 옛 주인에게 수확의 기쁨을 안겨주는 나무를 보자 가슴 한편이 콕 찔려오는 느낌이었다. 나는 작가가 되고 당선 소감을 쓸 때 고향집 탱자나무를 생각하며 '자연 닮은 글'을 쓰겠다고 마음속으로 다짐했었다.

탱자나무 가시는 누군가의 심장을 찔러 피를 낼 것처럼 외향으로 끝을 겨누고 있다. 밑둥치부터 꼭대기까지 길고 억센 가시로 표독스럽게 무장을 한 자세다. 그래서 옛적에는 위리안치

(圍籬安置)*라고 중죄인의 감옥이 되기도 했었다. 하지만 이 나무는 절대로 제 살을 찌르거나 제 옆의 다른 생물을 다치게 하는 법이 없다. 해마다 그곳에서 새끼를 쳐나가는 곤줄박이, 또 허물을 살짝 벗어놓고 지나가는 꽃뱀, 더듬이를 높이 치켜들고 짝짓기를 하는 민달팽이, 첫 날갯짓을 펼치는 호랑나비 등이 우화(羽化)를 거쳐가거나 탯자리로 삼는 보금자리였다. 어디 그뿐이랴? 제 몸을 친친 감고 올라온 하눌타리 넝쿨에게 길을 내주고, 궁둥이를 들이밀며 눌러앉는 늙은 호박까지도 넉넉히 받아주는 품 넓은 나무였다. 또 봄날에는 배추흰나비 날개 빛깔처럼 고운 흰 꽃을 피워 향기를 주고 가을엔 알토란 같은 황금색 열매를 내줘 약재로 쓰이게 한다. 나는 어린 시절에 배앓이를 자주 했다. 어른이 되고도 이런 체질이 계속되었는데, 어릴 땐 조금만 색다른 음식을 먹어도 두드러기가 났고 걸핏하면 헛구역질을 했다. 지금 생각해보면, 뱃속 회충들이 요동치던 시간이 아니었을까? 그때마다 어머니는 지각(枳殼, 노랗게 익은 탱자를 조각내 말린 것) 달인 물을 마시게 했고, 지실(枳實, 풋탱자를 썰어 말린 것)을 우려낸 물을 두드러기가 난 곳에 발라주었다. 그러면 감쪽같이 나았다.

내 아버지는 마흔넷에 세상을 떠났다. 내가 아홉 살 되던 해

....
* 외부와 접촉을 못 하게 가시나무 울타리 안에 중죄인을 가두어둠.

였고 막냇동생이 생후 6개월이 되던 7월이었다. 올망졸망한 육남매를 서른여덟의 여인에게 맡겨놓고 서둘러 떠나셨다. 아버지는 일제강점기 말엽 징용에 끌려갔다가 탄광 노동자로 노역 중에 큰 부상을 당했다. 그 후로 평생 골골거리다 짧은 생(生)을 마감하셨다. 나가사키로 끌려가 밤낮 석탄 캐는 중노동에 시달렸다. 작업 중 갱이 무너지는 사고가 났고 암석 더미에 깔렸다. 아버지는 시체로 분류되어 사흘간이나 주검들 속에 끼어 있었다고 한다. 시체 처리를 하는 인부에게 겨우 손을 내밀어 의사 표시를 했고 병원으로 옮겨져 살아났다. 중환자로 취급되어 보상금을 어느 정도 받아 귀국선에 올랐을 때가 해방되기 몇 달 전이었다. 사고 당시 석탄 더미 속에 묻혔던 만 사흘하고도 반나절을 보내는 동안에 폐는 이미 치명적으로 손상을 입었다. 그때 어혈 들었던 폐 때문에 늘 숨이 찼고 호흡이 고르지 못했다. 내 어린 잠결에도 아버지의 헐떡거리는 숨결이 들려왔다. 갈빗대를 울리는 기침을 참아내느라 새벽녘까지 끙끙거리던 신음을 듣고, 나는 잠이 깨곤 했다. 약으로 근근이 생명을 버티던 아버지는 약초에 관심을 기울이기 시작했다. 그래서 그것들을 철따라 채집해두었다. 우리 집 광에는 늘 약초와 씨앗 주머니들이 주렁주렁 걸렸었다. 두 개의 시렁에도 약초를 담은 바구니들이 이름표를 달고 쭉 늘어서 있었다. 당연히 울 안에 심는 나무도 약재나무가 우선이었고 그다음이 유실수였다. 온통 가시투성이인 엄나무를 비롯해서 골담초 화살나무

옻나무 오가피 개살구와 모과나무 매실 산수유 앵두 고욤나무 작약 당귀 도라지와 인삼 머위 결명자 장록까지 약초밭이 딸린 집이었다. 근동에 사는 사람들은 물론이고 백 리 밖의 먼 데 사람들까지도 소문을 듣고 우리 집으로 약재를 구하러 왔다. 얼굴을 깊게 가린 한센병을 앓던 부인도 여러 차례 왔었다. 아버지는 아무리 귀한 약재라도 아픈 사람이 있으면 서슴없이 내어주었다. 이미 병환이 깊어 논밭에 나가 일을 할 수 없던 아버지는 탱자나무 울타리 안에서 약초를 다루는 전문가가 되어갔다. 그런 집에서 자란 고로, 내가 어릴 때부터 눈뜨게 된 것이 하나 있다. 식물의 분류법이다. 약재가 될 수 있는 식물과 약재가 되지 못하는 식물 또 독성을 지녀 인간에게 해를 끼치는 식물의 구분법이다. 어떤 식물은 어린 새싹일 때는 약재가 될 수 있으나 잎이 쇠면 강한 독성을 품는 종자가 있다. 그래서 나에게 있어 식물 선호도는 당연히 약초가 우선이고 꽃을 탐하는 호사는 저만치 후순위로 밀려났다.

장미 가시가 제 꽃을 보호하기 위해 독을 품었다면 탱자나무 가시는 남을 지켜주기 위해 날카로움을 지녔다. 지금도 제 품에 깃든 생명들을 다소곳이 품고 초록 가시를 짱짱히 굳히며 겨울을 나고 있다. 나는 지금 신참내기 작가 시절 다짐했던 약속을 지켜가고 있는가, '생명을 살리고 보듬는 자연을 닮은 글'을 쓰겠다던 그 약속을. 탱자나무처럼 누군가에게 의지가지가 되어주고 품을 내주는 사람으로 살아가고 있는가. 한 해의 삶을 돌아보면서 가슴 철렁한 계절이다.

탱자나무 울타리 앞에 자식들을 세워놓고 '낱생명'들의 이름을 알려주고 오묘한 곤충의 세계를 들여다볼 수 있도록 눈을 뜨게 해주신 아버지, 그분의 밝은 눈길이 그리운 계절이다. 가죽나무처럼 키가 껑충했던 아버지는 뒷짐을 진 채 탱자나무 울타리 앞에서 늘 서성거리며 그 너머의 하늘을 하염없이 바라보았다. 저 올망졸망한 여섯 생명들을 두고 떠날 날이 천둥처럼 다가오고 있음을 짐작했을 것이다. 붉은 핏덩어리를 한 대야쯤 쏟아내던 그날 아침, 얼마나 눈앞이 캄캄했을까? 당신 병환 중에 이 몸을 잉태시켜 부실한 DNA를 물려받아, 평생을 골골거리며 살아가고 있지만, 아버지 사랑합니다. 그곳 세상에서는 숨 좀 쉴 만하시던가요?

아그배꽃 향기

아그배꽃 향기가 코끝을 스치는 5월
이다. 골짜기마다 물소리 넘치고 연둣빛 이파리들이 향연을 펼
치는 산기슭에 순백의 첫 숨을 터뜨리는 꽃나무가 있다. 여리
디여린 꽃잎을 가만히 바라보고 있노라면 어떤 이의 맑은 영혼
이 내려앉아 핀 듯 투명한 꽃잎이 보인다. 늘 그림자처럼 비켜
서 있고 슬픔의 절정에서조차 눈물을 보이지 않던 그분의 초연
한 모습이 흰 꽃으로 피어난 듯하다. 그 맑은 향기에 취해 나는
조용히 입속 노래를 불러본다. "맑은 하늘 5월은 성모님의 달"
이라고.

한마디로 언급하자면, 성모님의 삶은 아들 예수를 위한 조연
역할이었다. 성모님은 늘 아들 곁에 비켜서서 계셨다. 그러던

분이 마지막엔 십자가에서 내려진 아들의 시신을 팔에 안고 울고 계신다. 미켈란젤로가 그 장면을 조각했는데, 이것이 바로 영원한 〈피에타(Pieta)〉 상으로 우리에게 슬픔을 불러오는 조각상이다. 이처럼 드러내지 않는 모성애의 방법과는 대조적으로 아주 극성을 떠는 어머니가 있었다. 히포의 주교 아우구스티누스(Augustinus, 354~430)는 북아프리카의 타가스테(오늘날 알제리의 해안 도시)에서 태어났다. 그 성인 뒤에는 극성스럽고 맹렬적인 어머니 모니카가 있었다. 어린 아우구스티누스가 지적 영특함을 보이자 사춘기도 벗어나기 전에 도시로 조기 유학을 떠나보낸다. 북아프리카의 카르타고는 그 당시에도 무역이 이루어지는 큰 항구도시였다. 낯선 도시에 홀로 나온 소년은 공부는 뒷전이었고 매일 또래들과 어울려 방탕과 탈선을 일삼으며 도시의 불량배가 되어갔다. 거기다 또래인 노예 출신의 여자와 어울려 아들까지 낳는 비극을 저지른다.

맹모지교(孟母之敎)의 극성도 울고 갈 만큼 교육열 높은 그의 어머니 모니카가 그 꼴을 보고 그냥 놔둘 리 없었다. 당장 아들에게 따라붙어 간섭하게 된다. 밀라노까지 동행하여 손자를 낳은 며느리를 박대하고 들볶아 기어이 아들로부터 떼어낸다. 그녀를 북아프리카로 돌려보내는 비정한 역할을 맡았다. 그리고 자신이 손자를 키우며 아들 뒷바라지를 했다. 모니카는 일찍이 경건하고 독실한 기독교 신자였으나 마니교를 믿는 이교도 남자와 결혼했다. 그런 환경에도 불구하고 아들을 법률가로 키우 겠다는 그녀의 열정은 대단했다. 젊은 날 아우구스티누스는 오 래도록 방황했고 학문과 영성에 눈뜰 즈음에는 마니교에 심취 했었다. 마니교의 지도자 파우스트와 대담을 벌이다 실망하고 는 우여곡절 끝에 기독교로 개종을 하게 된다. 밀라노에서 암 브로시우스 주교와 같은 위대한 스승을 만난 영향력도 컸겠지 만, 내 생각엔 그의 어머니의 극성이 더 작용했을 것이라 짐작 이 된다. 성모님은 평생 드러나지 않는 자애로움으로 아들 예 수가 '그리스도의 수난'을 완성케 하도록 뒷전에서 지켜보셨지 만 모니카는 유별난 열성으로 성인을 키워냈다. 모니카는 현재 기독교에서 삼현모(三賢母)로 추앙받는 자녀 교육의 모델 성인 이 되었다. 이처럼 모성에도 그 어머니만이 해낼 수 있는 고유 한 영역이 따로 있는 것 같다.

나는 이미 27년 전에 영혼을 팔았다. 첫 출산이었는데 수술 로 얻은 미숙아(체중 1.6kg), 그 어린 생명이 인큐베이터 안에 서 여린 숨을 할딱이며 생사와 싸워가는 과정을 지켜보면서 어 미로서 할 수 있는 것이 아무것도 없었다. 어미는 자식을 낳는 순간부터 살얼음판을 걷는 초인적 죄인의 삶을 살아간다고 하 면 과장된 표현일까. 원초적 힘을 지녔으면서도 오금을 펼 수 없는 지독한 사슬에 묶인 삶. 저토록 순결해 보이는 아그배꽃 도 밑둥치엔 짱짱한 가시를 품고 있는 관목이다. 자식을 위한 것이라면 그 가시조차도 삼켜버릴 맹독을 품고 사는 존재가 어미들의 몫 아닐까.

어둠 속의 댄서

보고 또 봐도 감동적인 영화가 있다. 이방인 견습공의 삶을 다룬 〈Dancer in the Dark〉가 바로 그 것이다. 나는 이 영화를 다섯 번이나 보았지만 볼 때마다 절절했고 눈물샘이 터진 듯 흐르는 눈물을 주체할 수 없었다. 내가 마지막으로 본 것은 L 수녀님이 우리 본당을 떠나기 전날이었다. 그날은 토요일이었고 수녀님은 이삿짐도 싸야 했고 '자모회' 임원들과 송별회도 잡혀 있던 촌각을 다투는 금쪽같은 시간이었다. 하지만 나는 떼를 쓰다시피 해서 수녀님들을 우리 집으로 초대했고 이 영화를 끝까지 보여드렸다.

〈Dancer in the Dark〉는 유럽의 10개국 나라들이 공동 투자해 제작한 특별한 영화였다. 감독을 맡은 덴마크 출신 라스 폰

트리에(Lars von Trier) 감독은 극한 슬픔을 예술로 녹여내는, 영화인 중에 귀재라고 소문난 사람이었다. 거기다가 까다롭기로 소문난 배우, 아이슬란드 처녀 비요크(Björk)가 직접 안무와 노래를 맡아 뮤지컬 부문을 협업했던 작품이었다. 2000년 칸 영화제에서 황금종려상과 함께 여주인공 비요크에게 여우주연상을 안겨주었던 멜로드라마였지만 나는 이 영화 장르를 인권영화로 분류해 소개하고 싶다.

때는 1960년대 중반, 미국 워싱턴주의 한적한 교외에서 일어난 사건이었다. 왜소해 보이는 한 여공이 렌즈가 두꺼운 안경을 쓰고 철판 공장에서 주방 기구를 찍어내고 있다. 영어를 알아듣지 못하는 그녀는 언어뿐만 아니라 어딘지 모르게 행동 또한 어설프기 짝이 없었다. 그녀의 시력은 형편없이 나빴다. 미리 시력검사 도표를 빼돌려 외워두었다가 겨우겨우 검진을 통과하여 철판 공장에 견습공으로 들어온 것이다.

여자, 셀마는 체코슬로바키아에서 사내아이 하나를 데리고 이민 온 이방인이었다. 아들의 나이가 13세가 되기 전에 수술비를 마련하여 시력을 잃어가는 아들 눈을 고쳐주겠다는 일념 하나로 대륙을 건너온 엄마였다. 모자는 조립식 컨테이너에서 월세를 살았고 그 옆집에선 주인인 빌 부부가 풍요롭게 살아갔다. 한데, 지방경찰관인 빌의 눈빛은 늘 불안해 보였다. 우연찮은 기회에 빌과 셀마가 대화를 나누다 서로의 비밀을 알게 되었고 공유하게 된다, 빌은 아내가 모르는 은행 빚에 시달리고 있었다. 시력이 나쁜 셀마는 사물을 제대로 분간할 수 없는 반맹인이나 다름없는 약시(弱視) 상태였지만, 이민자 생활을 돕는 캐시의 도움을 받아, 티를 내지 않고 겨우겨우 버텨갔다. 셀마와 빌은 서로의 비밀을 지키기로 굳게 약속한다. 자신의 선천성 유전병을 이어받은 아들 진 역시도 점점 시력을 잃어가고 있음을 고백한다. 그래서 수술비를 마련키 위해 악착같이 돈을 모으고 있으며 조만간 목표치에 도달할 수 있으리라는 사실도 털어놓는다. 어느 날 빌은 은행 독촉에 시달리다가 셀마가 애써 모아둔 깡통 속의 돈을 훔쳐간다. 잃어버린 돈을 되찾기 위해 주인집을 찾아갔던 셀마는 2층에서 돈이 든 가방을 발견한다. 내 돈을 돌려달라고 사정하지만 남자는 권총을 만지작거리며 오히려 그녀를 도둑으로 몰 판세였다. 돈 뭉치를 뺏고 빼앗기는 실랑이 과정에서 우여곡절 끝에 셀마는 빌에게 총알을 날리는 실수를 저질렀다.

셀마는 사형수가 되어 감옥에서 나날을 보낸다. 변호사를 고용해서 재판을 뒤집을 수도 있었지만 그 변호사 비용으로 아들의 안과 수술을 택하기로 결심한다. 지금은 아들이 어려서 수술을 할 수 없지만 적정 연령이 되면 수술을 꼭 해달라고 안과의사에게 위임해놓고 그녀는 떠난다. 형장으로 끌려가던 그녀는 자꾸만 무릎이 꺾여 걸음을 떼지 못한다. 부축하던 교도관이 구호를 외쳐주면 그 구호를 음악으로 환치시켜 뮤지컬 행진

을 하며 걷던 여자. 어려울 때마다 환상 속으로 빠져드는 여자
는 철판공장 작업장의 쇠 자르는 소리까지도 생음악 리듬으로
환치시켜 춤을 추었다. 하루하루 사형집행 날짜만을 기다리며
여자와 교도관이 나누는 대화에서 그녀의 모성애가 뜨겁게 드
러난다. 불법 이민자로 미국에 건너오게 된 동기가 밝혀지고.
불과 4, 50여 년 전 변방 국가의 국민들이 품팔이를 위해 미국
으로 몰려들며 벌어졌던 이방인의 애환을 그린 드라마였다. 라
스 폰 트리에 감독은 겉으로는 이민사의 비애를 건드렸지만 밑
바닥엔 사형제에 대한 법의 문제점을 던져놓았다.

　　그날, 영문도 모르고 나에게 붙잡혀 영화를 봤던 L 수녀님께
이 자리를 빌려 사과 말씀을 드린다. '사형제 폐지론'에 대하여
나 혼자 백 번을 외치는 것보다 수녀님들의 스피커가 훨씬 효
과 있으리라는 기대 때문이었다. 본당 사목을 순회하시는 수녀
님들이야말로 강력한 매체 기능을 지니고 있지 않던가. 요즘,
L 수녀님은 시각장애인들을 위하여 출장 교리를 가르치고 있
다고 들었다. 그 어떤 명분으로도 살아 있는 숨결에 죽음의 잣
대를 들이댈 수 없다는 메타포를 전달한 인권 영화였다. 〈어둠
속의 댄서〉를 통해 '사형제 폐지론'을 펼치고자 했던 나의 꿍꿍
이속에 대해 한 치의 의심도 없이 L 수녀님은 영화를 봤을 것
이다.

꼬마 천사 은성이와 이별

　　　한껏 달아오른 땡볕 양기(陽氣)가 정점을 지나는 중복이다. 한데 이 7월 삼복더위가 지나고 나면 우리 반모임의 멤버 중 하나가 줄어들 예정이다. 소공동체의 가장 연소자로 참석해온 은성이가 떠나갈 것이다. 은성이는 작년 봄부터 우리 반모임에 나오기 시작해서 출석률 백 퍼센트를 유지해온 개근자다. 그런 은성이가 떠날 날이 다가오고 있다. 그에게 가족이 되어주겠다고 나선 양부모의 나라 미국으로 건너갈 것이다.

　　작년 어느 봄날이었다. 난데없이 아기를 업고 나타난 우리 반장 미카엘라 씨. "봉사하러 갔다가 그냥 업고 왔어요. 하도 예뻐서 못 떼놓겠더라고요." 그 한마디가 은성이가 우리 반 식구가 된 동기였다. 성당 자매들과 함께 아동복지회에 일일 봉사를 갔다가 생후 두 달도 안 된 아기를 업고 온 것이다. 종일 그녀 품에서 꼼지락거리던 여린 생명을 떼놓고 돌아서려니 마음이 짠하더란다. 그래서 자꾸만 돌아다보았더니 간호사 수녀님이 "그럼, 업고 가세요." 하더란다. 그래서 두말없이 포대기를 달라 해서 업고 왔노라고 했다. 그곳은 신생아 입양단체였는데, 새 학기만 되면 학부형 봉사자들이 줄어 일손이 딸리곤 했다. 거기서 책임을 맡은 수녀님들은 휴식은 그만두고 밤잠을 잘 시간조차 없다고 하소연을 하더란다. 미카엘라 씨는 현재 3년째 성당 반장을 맡고 있다. 고3짜리 딸과 고2짜리 아들을 연년생으로 둔 수험생 학부모다. 공부를 잘하면 잘할수록 스트레스가 쌓이고 거기다 여학생은 신체 조건상 더 예민한 신경증까지 보인다고 한다. 해 뜨기 전에 집을 나선 아이늘이 야간자율학습에다 학원 수업까지 끝내고 밤 12시나 되어야 집에 돌아오는 게 현실 아닌가. 몸과 마음이 지치고 시험에 대한 강박증까지 겹쳐 미카엘라 씨의 딸 서진이도 갈수록 신경과민증을 보이고 있다고 한다. 모녀 간 신경전이 위태로울 지경에 이르렀을 때, 돌파구로 찾아 나선 것이 입양단체에 가서 신생아들을 돌봐주는 봉사활동이었다. 사실 고3 수험생이 되면 부모가 해줄 수 있는 역할이 그리 많지 않다. 영양가 있는 식사와 빨래를 해주는 것 외에는. 서로가 불안한 시간 속에서 애간장만 타들어갈 뿐이다. 그런 상황에서 은성이가 새 식구로 들어온 것이다.

17년 만에 아기가 생긴 집안은 웃음꽃이 피기 시작했다. 아기 때문에 밤잠을 설치는 엄마를 도우려 아이들은 스스로 일찍 일어나 등교 준비를 했고 남편도 퇴근 시간을 앞당겼다. 그야말로 시간이 어떻게 가는지 모를 정도로 활력소가 되었다. 은성이는 그렇게 잠시만 맡아 키우는 위탁가정에서 보물로 2년을 컸다.

  은성이는 미국계 청년과 한국인 미혼모 사이에서 태어난 혼혈아다. 이제 아장아장 걷기 시작한 꼬마 천사는 예쁜 물방울 무늬 치마를 입고 반모임에서 주인공이 되어 성호를 따라 긋고 기도손을 모아 알아들을 수 없는 말로 종알종알 기도를 하기도 한다. 이제 막 말을 배우기 시작한 이 꼬마는 무엇이든 듣고 보는 대로 따라하는 따라쟁이다. 출생 후 불안했던 환경 때문이었던지 무척 예민한 아이였다. 밤낮이 바뀐 아이는 밤마다 보챘고 미카엘라 씨는 아기를 업고 아파트 주위를 수없이 돌고 돌았다. 그녀가 반장 교육을 가거나 바쁜 일로 외출할 때에도 그 가녀린 몸에 아기를 업고 다녔다. 그래서 은성이는 엄마의 따뜻한 등 맛을 보고 자란 한국 아이가 되었다. 이 꼬마 천사가 떠나고 나면 오래도록 우리들의 눈에 밟히고 보고 싶을 것이다. 눈앞에 보물을 놓고도 거두지 못한 죄책감 또한 오랜 상처로 남겠지. 이제 살 만큼 사는 나라인데도 아직도 아이들을 해외로 입양 보내는 부끄럽고 한심스러운 못난 어른들이 사는 나라에서 겪는 우울증일 것이다. 잠깐 내 등에서 잠든 은성이를 토닥거리며 기도 한줌을 올린다. "주님, 이 꼬마가 미카엘라 씨 가족과 맺었던 인연과 저희 소공동체와 함께했던 짧지만 은총의 시간이었던 기억도 잊지 않도록 해주시고, 좋은 양부모 밑에서 사랑받는 아이로 커갈 수 있도록 보살펴주시옵기를 바랍니다!"

서랍 속 편지

　　　　　　　　한 해의 저물녘이면, 어김없이 생각
나는 사람이 있다. 얼굴도 이름도 기억할 수 없고 그저 헌칠한
키에 곱슬머리였다는 것만 어렴풋이 떠오르는 인물인데 꼭 세
밑만 되면 그분 생각이 떠오른다. 여러 해 동안, 그분께 부치지
못한 편지가 서랍 속에 차곡차곡 쌓였는데 올해 역시도 나는
또 펜을 들고 말았다.

　그날을 손꼽아 헤아려보니, 벌써 18년 전의 일이다. 그때 초
등학교 3학년이었던 아들애가 올해 스물일곱 살이 되었으니
까. 그때도 꽝꽝 얼어붙은 세밑이었다. 서울을 출발할 때부터
흩뿌리던 눈발이 대관령을 넘어갈 땐 1미터가량이나 쌓였다.
눈터널을 뚫고 열다섯 시간을 운전해서 시댁에 도착했을 때는

한밤중이었다. 몹시 지친 아이를 전기장판을 깔고 재웠는데 새벽에 경기(驚氣)를 일으켰다(전자파 때문이었을까?). 조그만 어촌도시에 큰 병원이 있을 리 없었다. 연휴에 들어간 군립병원 응급실엔 머리가 짧은 앳된 인턴밖에 없었다. 그는 소아의 몸무게에 따라 투여하는 진정제 주사량도 계산할 줄 모르는 초짜였다. 아이의 경련은 계속되었고 입술이 새파랗게 질려 몸이 점점 굳어지는데 속수무책이었다. 큰 병원으로 가려면 강릉으로 나가야 하는데 이미 어른 키의 허리께까지 쌓인 폭설이 구급차를 막아섰다. 한 치 앞도 보이지 않는 악천후를 뚫고 길을 떠난다는 것은 더 큰 위험을 불러올 수 있는 모험이었다. 다급하면 통한다고 하던가. 번뜩 내 머릿속에 '이 고장에서 개원한 소아과 전문의가 없을까' 하는 생각이 들었다. 그래서 전화국 교환수를 붙들고 통사정을 했다. 개원한 소아과 의사의 자택 전화번호를 좀 알아봐달라고. 다행히 교환수는 의사의 이름을 기억했고 자택 전화번호를 알려주었다. 나는 염치 불고하고 집으로 전화를 드렸다. 선생께서는 위급한 상황을 전해 들으시더니 그 애송이 의사가 옆에 있으면 전화를 바꾸라 하시곤 직접 응급 지시를 내리셨다. 그리고 곧장 차를 몰고 추리닝 바람으로 오셨다. 몇 시간에 걸쳐 땀을 뻘뻘 흘리며 직접 심폐소생술을 하여 아이의 숨결을 돌려놓고는 경황이 없는 사이에 슬그머니 사라지셨다.

우리는 고향에 내려갈 때마다 찾아뵙기를 청했지만, 그분은 한 번도 방문을 허락하지 않았다. 선물 따위를 보낼까 봐 그러시는지, 집 주소도 가르쳐주지 않으셨다. 위기에 처한 생명 앞에서 의사로서 당연한 일을 했을 뿐인데, 무슨 호들갑이냐는 식으로 나무라기까지 했다. 그러면서 정이나 사례하고 싶은 마음이 들면 '도움이 필요한 사람에게 그 뜻을 나누라'고 하셨다. 그래서 우리 가족은 새해 첫날이면 내곡동에 있는 시립아동병원을 찾아 보호자 없이 장기간 입원해 있는 중증장애아들을 돌보는 일을 거들었다. 아들과 남편 또 우리 자매들 친정 조카들까지도 데리고 가서 목욕 봉사를 했다. 그분께 대한 보은(報恩)으로……

또 한 장의 편지가 서랍 속에 채워지는 경인년(庚寅年) 끝자락에 섰다. 날은 점점 추워지는데 아직도 피란 생활 중인 연평도 주민들과 서부전선을 지키는 군인들 걱정에 가슴이 시리다. 하지만 "이것 역시도 지나가버린다."란 솔로몬의 말처럼 이런 불안 시국도 곧 지나가고 새날이 오겠지. 한 해의 삶을 돌아보며 내가 받았던 그 큰 은혜의 덕을 나는 다른 생명에게 언제 나누었던지? 벌써, 가슴 철렁한 12월의 마지막 날이다.

굴뚝 낮은 집

몇 년 전, 늦여름에 지리산에 갔었다. 반야봉 중턱에 있는 후배의 작업실에 짐을 풀고 낮에는 근동의 명소를 찾아다니는 여행이었다. 그중 구례군 토지면에 있는 굴뚝 낮은 집 방문이 나에게는 인상적이었다. 섬진강 기슭 지리산 자락에 자리한 '운조루(雲鳥樓)'라는 고택은 외양으로는 지금까지 봐왔던 다른 고택에 비해 특별하게 달라 보이지 않는 집이었다. 집터가 최고의 명당자리라고 알려진 정보 외에는. 옛날엔 아흔아홉 칸을 지녔던 부잣집이었다고 했다. 나는 집터나 건축양식보다 그 집의 굴뚝에 관심이 더 쏠렸다. 방구들보다도 낮은 위치에 있던 굴뚝. 바로 그 토방 밑에 있는 돌 틈 사이에서 연기가 솔솔 피어나왔다. 이처럼 굴뚝이 낮게 설계된 배경에는 그 집 주인의 긍휼(矜恤) 정신이 배어 있었다고 한다.

때는 조선 중기였다. 그즈음 이 지방엔 가뭄과 냉해(전 지구적 소빙하기 시대)로 몇 년간 흉년이 계속되었다고 한다. 끼니 때가 되어도 끓일 것이 없는 마을의 집들에선 연기가 피어오르지 않았다. 그 집 주인은 배고픈 사람들의 심정을 헤아려 자기 집 밥 짓는 연기가 높이 올라가지 못하도록 굴뚝을 낮게 설계하였다. 아마도 흐린 날엔 마당 가득 메케한 연기가 깔렸을 것이다. 당장 몇 섬의 쌀로 자선을 베푸는 행위보다 가난한 이웃의 심정을 헤아리고 배려하는 마음이 더 갸륵하지 않은가.

그 집 부엌엔 또 하나의 보물이 있었다. '타인능해(他人能解)'라는 이름의 쌀뒤주였다. 두어 섬의 곡식이 들어갈 만한 통나무를 파서 만든 뒤주 아래쪽에는 작은 구멍 하나가 뚫려 있다. 가난한 사람이면 누구나 이 구멍을 열고 필요한 만큼 곡식을 꺼내 가라는 뜻으로 '타인능해'라 써 붙여놓았다고 한다. 가져가는 사람 자존심이 상하거나 부끄럼을 느끼지 않도록 뒤주가 있는 곳엔 안사람들의 출입을 막았다고 하니 그 정신을 헤아리고도 남을 만하다. 그 집의 한 해 소출량의 20%쯤을 내어 뒤주를 계속 채워두었다고 한다. 나중엔 마을 사람들이 자치회를 만들어 한 번에 두어 됫박 이상을 가져가는 사람이 없도록 규율과 질서를 지켜갔다는 얘기까지 전해진다. 이 고택은 지리산 피아골 근방에 있었기 때문에 근대의 거친 변란(동학과 6·25)을 비켜갈 수 없는 장소였다. 하지만 조상들이 대대로 베풀어온 선행 덕인지 난리통에도 부지깽이 하나 화를 입지 않았다고 한다. 지금은 농토도 줄고 살림도 많이 기울었다. 더구나 그 집 종손은 병이 깊었고 말까지 어눌했다. 문화재털이 도둑들에게 머리를 심하게 얻어맞고 기절하여 응급실에 실려갔던 적이 서너 차례 있었다고 한다. 그래서 이젠 문화재급 고문서들을 군청 문화재 보관실에 맡겨두었다고 했다. 기울어진 살림살이지만 여전히 그 집 종부(宗婦)의 손길은 넉넉했다. 매일 다반사처럼 찾아오는 방문객에게 시원한 음료수를 내놓고 맞이했다. 내가 갔던 날도 찐 감자를 내왔다. "저도 문화 유(柳)가입니다."라고 인사를 드렸더니, 늙은 종부는 내 손을 덥석 잡으시며 일가가 먼 데서 찾아왔으니 맛있는 것을 대접하라고 며느리를 불렀다.

오늘은 가톨릭교회에서 정한 '자선 주일'이다. 한 해를 살면서 우리는 몇 번이나 마음을 내어 타인에게 온정을 베풀었을까? 그것도 배고프고 마음 고픈 사람들에게. 그저 몇 군데 후원금을 조금 보내거나 장애인 복지시설에 몇 푼 기부하는 것으로 위안을 삼지는 않았는지? "우리가 사는 근동에서 굶어 죽는 사람이 있다면 그것은 우리 가문의 부덕이다."라고 일렀다는 운조루 사람들의 온정주의적 삶을 되새겨본다. 물질의 베풂보다 가난한 사람들의 심정을 먼저 헤아려 굴뚝을 낮게 설계하였다는 그 마음가짐을 되새기며, 운조루 앞 신작로를 총총히 걸어 나왔던 기억을⋯⋯.

2

세상, 그물코의 비밀

툰드라의 야생화

       툰드라의 풀꽃은 선명하다. 새싹부터 화려한 색을 띠고 나온다. 눈 녹은 땅을 뚫고 나오자마자 교감의 신호부터 보내기 위함이다. 짧은 여름 한 철 성장해서 꽃 피고 열매 맺어 씨앗까지 굳혀야 하는 자기 운명을 알기에 광합성 조건을 최대한 서두르며 나온다. 이처럼 풀 한 포기도 제 살 궁리에 연분(緣分)을 찾아 온몸으로 몸짓하는데, 인간은 세상과의 소통 문제로 평생을 애면글면 속 끓이고 있지 않던가.

       "어떻게 살아야 잘 사는 삶이 될까?" 이 말처럼 막연하기도 하고 또한 절실한 느낌으로 다가오는 물음도 없을 것이다. 오늘도 우리는 잘 살고픈 욕망에 길을 찾아 애쓰고 공부에 몰입하지만 어디 현실이 만만하던가. 많은 성현이 다양한 삶의 형태를 보여주고 떠났지만 그것은 다 제 방식대로 살다가 사라졌을 뿐, 다시 돌아와 '내 삶만이 정말로 완벽한 모델감'이라고 콕 찍어 확인해준 바 없다. 천상병 시인은 소풍을 즐기다 간다고 했고, 철학자 미셸 푸코는 정신병동에 갇혔다가 떠난다고 했다. 금세기 자유의 화신이라고 불리던 그리스인 조르바 역시도 마지막엔 창틀을 붙잡고 용쓰다 떠났다. 이처럼 저마다의 고유한 텍스트를 남기고 사라졌을 뿐이다.

천국과 지옥이 경계선도 없이 공존하는 수상쩍은 세계가 있다고 들었다. 그 경계의 문을 여닫는 지도리만 잘 다스리면 누구든지 살아서 연꽃을 피울 수 있고 저세상으로 건너가는 요단강도 가볍게 건너갈 수 있다는 솔깃한 얘기였다. 그곳엔 주인이 따로 없고 그저 마음을 비우고 기다리면 문이 열리고 열려 있는 문 안으로 세상의 빛과 그림자가 쏟아져 들어온다고 하였다. 그곳 문턱에 감식 렌즈가 달려 있는 것도 아니어서 잘난 사람 못난 사람 여자 남자 그리고 부자와 가난한 사람 내국인과 이방인도 구별하지 않는다고 한다. 그 비밀의 틈새를 한번 맛본 사람은 낙타가 바늘귀의 비밀을 안 것만큼이나 세상살이에 자신감이 있고 삶을 활력 있게 살아간다고 하였다. 곤륜산에 사는 서왕모*처럼 늙음마저도 조절할 수 있다고 한다. 문을

* 중국 곤륜산에 살고 있다는 어머니의 신. 반도회를 이끌며 불로장

여닫는 기술만 터득하면 툰드라의 야생초처럼 꽃 피울 시기를 알며, 이 세상 장엄한 꽃밭을 내 정원으로 삼고 살아갈 수 있다고……

　재작년에, 시베리아의 툰드라에 갔었다. 끝도 없이 펼쳐진 야생화가 그야말로 장관을 이루는 초원이었다. 반년 넘게 동토에서 죽음을 견디어낸 생명체들은 새싹부터가 좀 되바라진 듯한 짱짱한 잎을 피웠다. 엄지손톱만 한 오종종한 몸체를 지녔음에도 온전한 모양새를 갖춰 꽃송이를 매달고 있었다. 그 작디작은 극지식물들을 바라보고 있노라니 애잔함보다 생명력의 강인함에 저절로 경외감이 솟았다. 인생에서 '잘 산다는 것'은 툰드라의 야생초처럼 살아 있는 동안 선명하고 확실하게 살아내는 것 아닐까. 내 몸이 지닌 생명의 신비를 극대화해서 꽃 한번 활짝 피워보는 것 아니겠는가. 세상의 모든 생물은, 아니 무생물까지도 존재의 이유는 타자와 교감하는 것이라고 했다. 타자의 시선을 느끼지 못하는 대상은 존재 의미도 느끼지 못한다고. 내 안에 깃든 신성(神性)을 깨워 한번쯤 인생을 활짝 피워보라고 산천초목도 백화만발(白化晚發)하여 응원을 보내는 계절이다. '삶의 목적을 어디에 두고 살 것인가'를 생각하게 하는 생명력 넘치는 신록의 계절이다. 조물주께서 주신 생명의 선물

생한다는 여신.

을 최대한 맞갖게 쓰고 있는지? 현재 나의 몸과 마음을 점검해볼 일이다! '지상에 존재하는 생물종 가운데 자기 존재의 의미를 묻는 종(種)은 인간밖에 없다'고 하였다. 지금까지 이런 물음이 인간을 키우고 문명을 이룬 것 아니겠는가?

종자의 비밀

       뿌리의 천성을 오롯이 지켜가는 나무가 있다. 우리의 속담에 '콩 심은 데 콩 나고 팥 심은 데 팥 난다'는 말이 있는데 이 속담을 가차 없이 뒤집는 종자가 있다. 그 장본목이 감나무이다. 아무리 튼실한 열매를 채종해서 심어도 소시(小柿)나 고욤나무의 싹이 나오고 만다. 처음엔 뭐 이런 아비를 배반한 '불초목'이 있나 싶어 뽑아버리고 이듬해 다시 씨앗을 묻었다.

    그런데 또 이번에도 고욤나무 싹이 나온다. '돌연변이인가?' 하고 의심을 품기도 하였지만 절대로 그런 놈이 아니라는 것을 뒤늦게야 알게 되었다. 감나무는 자생할 수 없는 과실수로 고욤나무로부터 뿌리를 얻어 접붙여진 나무다. 이들 열매는 본래의 속성인 떫은맛을 똑같이 지녔지만 고욤은 더 작고 지독하게 떫어서 그냥 먹을 수가 없는 과일이다. 그래서 늦가을 된서리가 내릴 때까지 내박쳐두었다가 그때까지 나목에 붙어 있는 놈을 따서 오지항아리에 담아 컴컴한 광 속에 쟁여둔다. 그러면 겨우내 제 몸을 삭혀 떫은맛은 덜어내고 끈끈한 젤이 되어 있다. 이듬해 봄, 항아리 뚜껑을 열어보면 고욤의 형태는 뭉크러져 간데없고 달콤한 맛을 지닌 암갈색 덩어리로 변신해 있다. 과일 축에도 들지 못해 수모를 당했던 열매가 그야말로 옹골찬 맛과 약효를 지녀 군천자(君遷子)란 약재로 당당히 제 이름값을 한다.

나는 어렸을 때 감나무 접붙이는 것을 직접 보았다. 아버지는 감나무를 시집보낸다 하셨다. 고욤나무의 묘목이 자라 사람 키만큼 되면 상순을 잘라내고 몸통에 열십자로 생채기를 낸다. 그다음 속살을 한 뼘쯤 파내고 거기에 곧은 감나무 생가지를 잘라 조심스럽게 앉히고 접목이 되도록 새끼줄로 꽁꽁 동여매준다. 추위와 병충해 방지를 위해 짚으로 갓도 만들어 두텁게 씌워준다. 2, 3년 동안 소식이 없더라도 열어보지 말고 오직 한 몸으로 성공하기를 기다린다. 접목이 이루어지면 갓을 뚫고 여린 싹이 신호를 보낸다. 이번엔 여지없이 감나무의 새싹이 올라온다.

유교의 제사상에 반드시 올리는 네 가지 과실이 있다. 이것을 조율이시(棗栗梨柿)라 하는데 네 번째 과일인 '시(柿)'가 곧 곶감을 이르는 말이다. 옛사람들은 이 나무의 속성을 일찍이 알아보고 그 뜻을 높이 기렸던 것 같다. 세상 어디를 떠돌더라도 조상의 뿌리를 잊지 않고 지킨다는 의미를 부여해서 제사상에까지 올리는 대표 과일로 선택을 받았나 보다.

쨍쨍한 햇볕 속에 오곡백과가 영글어간다. 햇과일과 함께 햇곡식으로 송편을 빚어 조상님께 올리는 한가위이다. 하지만 올해는 절기가 일러 아직 과일이 익지 않았다. 풋감을 올리기도 그렇고 묵은 곶감을 쓰기도 난처한 추석 제사상이 될 것 같다. 종자의 천성을 잃지 않고 지켜가는 감나무처럼 우리도 창조주께서 맨 처음 우리에게 불어넣어주신 '생명의 숨' 그 기질을 오롯이 지켜가고 있는지 돌아봐야겠다. 감나무의 대목(臺木)으로 기꺼이 쓰이는 고욤나무는 어떤 분이 2천 년 전에 매달렸던 십자나무를 떠올리게 하는 나무이기도 하다.

에덴의 동쪽, 알혼섬

현재 우리의 삶과는 사뭇 다른 방식으로 세상을 살아가는 사람들이 있었다. 시베리아 동쪽 바이칼 호수 중심에는 '알혼'이란 큰 섬이 하나 있다. 그 섬은 초원과 침엽수림 그리고 암석과 사막지대까지 다양한 생물 분포를 갖추고 있어, 지구의 축소판이라고 불릴 만한 곳이다. 그곳 역시도 여름 한철엔 쨍쨍한 뙤약볕과 37, 8도를 오르내리는 날씨가 이어진다.

지난여름 나는 그곳에서 기이한 시간 체험을 했다. 머물고 있던 민박집에서 점심을 먹고 두어 시간 낮잠을 잤다. 그리고 마을에서 멀리 떨어진 해변까지 혼자 걸어갔다. 러시아 사람들은 바이칼 호수를 바다[內海]라고 부른다. 웃통을 벗어젖힌 남자들이 그물을 던져 '오물'이란 물고기를 잡아 올리고 있었다. 어부의 구릿빛 팔뚝에서 수렵 시대 남자의 힘이 느껴졌다. 그들만의 고기잡이 방법에 눈이 팔려 꽤나 긴 시간을 해찰했다. 너무 많은 시간을 보냈다는 생각이 들어 해가 질까 봐 서둘러 마을로 돌아왔다. 그런데 여전히 햇볕이 쨍쨍했다. 마을을 한 바퀴 돌고, 그네도 타고, 민속박물관도 구경하고, 그래도 해가 멀어 초원까지 다시 걸어갔다 왔는데도 햇빛이 여전했다. 오래된 농가 몇 채가 마법에 걸린 듯 적막에 들어 있었고 개들도 길게 드러누워 낮잠을 자고 있었다. 갑자기 마법에라도 걸려든 게 아닌가 하는 불안한 생각이 들 정도였다. 지금 내가 서 있는 이곳이 현실세계인가, 시간의 블랙홀 속으로 빨려 들어온 것은 아닌지? 시계가 없는 곳에서는 보통 태양의 기울기나 그림자로 시간 가늠을 하는데 그곳에서는 그마저 통하지 않았다. 배에서는 꼬르륵 소리가 나는데, 민박집 나타샤 아주머니는 돌아오지 않고…….

초록의 지평선엔 소와 말 양 염소들이 종별로 무리를 지어 한가로이 풀을 뜯고 해가 지면 저희끼리 마을로 돌아온다. 한 마리도 실수 없이 제집을 정확히 찾아간다. 가끔 낮에 잰걸음으로 마을로 돌아오는 소가 있다. 그는 젖이 불어 견디기 힘드니 젖을 짜달라고 오는 놈이다. 제집 앞에 와서 다급하게 엄매! 엄매! 하고 외치면 주인은 얼른 나와 젖을 짜주고 시원한 물을 한 바가지 준다. 시원하게 젖을 짜낸 소는 다시 발걸음도 가볍게 초원으로 향한다. 그곳 알혼섬에서 짐을 풀던 첫날이었다. 골목에서 덩치가 송아지만 한 개를 만났다. 나는 담벼락에 바짝 붙어 제발 그냥 지나치기를……. 그런데 아뿔사! 시베리아 허스키란 놈은 이방인 따위에게는 관심도 없다는 듯이 기침 한 번 내지 않고 그냥 지나쳐갔다. 그곳 개들은 해 질 녘이면 순찰을 돌 듯 떼를 지어 골목을 한 바퀴 돈다, 마치 성자의 순례처럼 느린 걸음으로.

그곳은 칭기즈칸 어머니의 고향이며 테무친(Temuchin)의 무덤도 그 섬에 있다고 믿는 부랴트족이 사는 마을이다. 부족 공동체의 안녕과 번영을 위해 샤먼이 하늘에 제사를 지내는 풍습을 이어가고 있다. 깎아지른 절벽 아래 칭기즈칸의 무덤이 있다는 전설의 바위가 있다. 그 해변의 단애 위 제단에서 정월이면 지금도 샤먼이 제사를 지낸다고 한다. 문명이란 개념이 무색하게 신화와 전설을 안고 21세기를 살아가는 알혼섬 사람들. 태곳적 생명의 질서가 그대로 숨 쉬고 있는 땅. 나는 그곳에서 낮의 길이가 고무줄처럼 길게 늘어난 기이한 시간 체험을 했다. 여름날 북방의 백야 현상을 전혀 생각하지 못했던 무지한 여행자였다.

기다림이 낳은, 세한도

'기다림'이 시작되는 대림 제1주일
이다.

나는 이즈음이면 추사 김정희의 〈세한도(歲寒圖)〉 그림이 생
각난다. 북풍을 맞고 서 있는 늙은 소나무와 잣나무 그리고 허
름한 집 한 채. 이 쓸쓸한 풍경을 바라볼 때마다 왠지 '기다림'
이란 주제가 떠오른다. 세한도는 '기다림의 시간'이 낳은 걸작
이었다. 유배지 제주에서 하염없이 지루하고 고독한 날을 보내
며 제자(이상적)가 찾아오기를 기다리던 추사의 마음이 투영된
묵화(墨畵)이다. 녹음이 푸르렀던 시절은 동색으로 눈에 띄지
않다가 겨울이 되어서야만 그 결기(決起)가 드러나는 송백(松
柏)의 한결같은 기질. 찬바람을 견디며 변함없이 서 있는 그 나
무가 오늘 우리에게 메시지를 전달하는 것 같다. 마음을 텅 비

우고 '기다림의 시간'을 가져보라고 그래야 진짜를 만날 수 있다고…….

올여름은 유난히 비가 많았다. 가을까지 이어진 폭우와 태풍으로 모든 곡식과 과실나무의 결실이 턱없이 줄어든 한 해였다. 나는 올해 참깨 농사를 지었는데 반타작도 건지지 못했다. 성당에서 만난 또래들 여섯 부부가 주말마다 모여 합동으로 김포에서 밭농사를 지었다. 거의가 초보 농사꾼들이었다. 참깨꽃을 처음 보았다는 친구도 있었으니까. 6월 하지를 넘겨 감자를 캐고 그 자리에 깻모를 모종했다. 주말마다 농장에 나가 물과 거름을 주고 김을 매주며 키가 자라나는 만큼 지지대를 세워 줄로 묶어주기도 했다. 깻모는 보답이라도 하듯 하루가 다르게 자랐고 우리들의 키만큼 자랐다. 연보라색 꽃봉오리가 한층 한층 피어나더니 25층까지 열매를 맺었다. 튼실한 열매가 얼마나 당알당알 붙었던지 제 무게를 견디지 못하고 쓰러지는 놈도 있었다. 그런데 수확기를 며칠 앞두고 태풍이 온다는 예보가 있어 초보 농군들의 속이 타들어갔다. 참깨는 때를 기다렸다가 수확기를 정확히 맞춰 베어야 하는데. 아니면 덜 익어 반쭉정이가 되거나 깜빡 시기를 놓치면 송이가 벌어져 다 쏟아져버리는 낭패가 발생한다. 우리는 수확기보다 2, 3일 앞당겨 참깨를 베기로 의논을 모았다. 깻대를 베어 찌고 묶어 조심스럽게 세우며 태풍이 비켜가길 간절히 바랐다. 한데 엎친 데 덮친 격으로 베는 날 밤부터 연일 비가 내렸다. 습도 때문에 송이가 벌어지지 못하고 속에서 다 썩어버렸다. 쭉정이가 절반도 넘는 실패작이었다. 올해는 농사뿐만 아니라, 나라 안팎에도 여러 사건이 태풍이 휩쓸고 간 자리처럼 깊은 상처를 냈고 아직 아물지도 않았는데 겨울이 왔다.

벌써! 그 맹렬하게 퍼붓던 땡볕의 여름날도 가고 가을을 지나 한 해의 끝자락에 섰다. 이제 신산스럽던 여름날의 기억을 접고 제자리로 돌아올 시기다. 비록 반타작이었지만 그나마 소출을 거두게 해주신 하늘에 감사하며 내년에 뿌릴 씨앗을 갈무리해둔다. 잎을 다 떨구고 빈 몸으로 청정한 침묵에 든 나무처럼 우리도 새롭게 오실 그분을 기다리며 고요한 시간을 가져야겠다. 〈세한도〉의 송백처럼 꿋꿋하게 겨울을 맞으며 '기다림의 걸작품' 하나씩을 가슴에 품고 대림 시기를 보내시길⋯⋯.

누가 부른 재앙인가?

　　　　　　　　전국적으로 연일, '구제역 초비상 사태' 기사가 뉴스의 첫머리를 장식한다. 차마 눈 뜨고는 볼 수 없는 화면들이 매체마다 휩쓸고 있다. 오늘도 저녁밥을 먹다가 소를 낭떠러지로 몰아 떨어뜨려 죽이는 장면을 봤다. 나는 더 이상 입안으로 밥을 넣을 수가 없어 숟가락을 놓고 말았다. 안락사시키는 것조차 일손이 모자란다고 구덩이를 파놓고 한꺼번에 그들을 몰아 떨어뜨려 죽이는 장면이라니. 벌써 살처분(殺處分)한 가축 수가 200만 마리를 넘어섰다고 하였다. 이 재앙이 언제쯤 끝날 것인가.

　나는 초등학교를 졸업하고 곧바로 중학교에 진학하지 못했다. 입학식 날까지 입학금을 마련하지 못해서였다. 그래서 소를 키우기로 했다. 그때 우리 고향에는 '어우리 소'란 것이 있었다. 돈 있는 사람이 송아지를 사서 가난한 사람에게 주면 소를 받은 사람은 부지런히 키워 1, 2년 후엔 장에 내는 것이다. 그러면 처음 구매했던 밑천을 제하고 남은 돈으로 주인과 소를 기른 사람이 50 : 50으로 나눠 갖는 일종의 재산 굴리기 방식이었다. 내가 받은 소는 배 부분에 흰 점이 들어가 있는, 갓 첫돌이 지난 암송아지였다. 나는 그 소에게 '애송이'란 별칭을 붙여주었다. 1년 후면 팔아서 내 입학금과 교복을 마련할 막중한 책임을 띤 송아지였다. 소녀는 희망에 차서 날마다 송아지를 끌고 나가 풀을 뜯겼고 낫질을 서슴없이 하여 꼴망태를 채웠다. 애송이는 소녀의 사랑을 한껏 받으며 무럭무럭 자랐다.

그러던 어느 가을날 알 수 없는 역병이 찾아왔다. 소몰이꾼을 하던 오빠가 잠시 끌고 왔던 소장사의 소에게서 전염병이 옮은 것이다. 그때 열일곱 살이었던 오빠는 우리 집 가장으로서 농한기에 오일장을 돌며 소몰이를 해서 가족의 생계를 도왔던 것이다. 양촌장에서 논산장으로 그리고 연산장까지 소를 몰아다 주고 품삯을 받던 소몰이꾼 노릇을 했다. 애송이는 밤새 다리를 심하게 떨었다. 그리고 쇠죽을 먹는 족족 설사를 했다. 닷새를 그렇게 피똥을 싸며 앓다 픽 쓰러지더니 눈을 감아버렸다. 동네 아저씨들 몇몇이 죽은 소를 잡았다. 내장은 땅에 묻었고 살코기만 동네 사람들이 나눠 먹었다. 병든 소의 고기를 먹었는데도 아무도 탈이 나지 않았다. 그즈음엔 1년에 한 번도 쇠고기 맛을 볼 수 없던 시절이었으니, 그 귀한 것을 그냥 땅에 묻어버릴 수가 없었던 것이다. 소녀는 몇 날 며칠을 울음으로 보냈다. 입학금과 교복이 날아가버렸으니……. 전염병이 지나간 외양간은 도구들을 불로 끄슬렀고 농약을 치고 1년 내내 비워두었다. 어른들이 그렇게 해야 한다고 일렀다. 지금 생각해보면 특별한 방역 대책이 없던 시절 바이러스가 완전히 소멸될 때까지 기다렸던 것이다.

커다란 눈동자를 껌뻑거리며 낭떠러지로 쫓겨가던 짐승의 울부짖음을 들으니, 그 옛날 애송이의 모습이 떠올랐다. 생물학자 최재천 교수는 소를 살처분하는 것을 보고 이렇게 말했다. 지금처럼 대규모의 구제역 발병이 일어난 것은 "인간의 탐욕이 자연생태계의 섭리를 거스르며 자초한 일"이라고. 소들은 제 몸뚱어리가 어디로 몰려가고 있는지 짐작하는 듯 눈망울이 불안과 애처로움으로 가득 찼다. 자꾸만 그 눈빛이 밟혀 나는 잠이 오지 않았다. 내 가슴이 이럴진대 살처분을 직접 담당했던 관계자와 소를 자식처럼 키우던 주인의 맘고생은 또 얼마나 클까. 아마도 견디기 힘든 트라우마나 후유증을 오래도록 앓게 될 것이다. 내가 어린 시절에 겪었던 한 마리의 송아지 죽음이 이토록 오래 상흔으로 남아 있는데. 그 또록또록한 눈망울을 가진 생명에게 생매장시킬 권한이 누구에게 있단 말인가. 어떤 경우에라도 살아 있는 목숨을 그렇게 짓밟을 권한이 없

다. 하루속히 이 재앙에서 벗어나길! 그리고 모든 생명 가진 것
들이 평화롭게 살아내기를 기원하며…….

모두 다 사라진 것은 아닌 달

주여, 때가 지났습니다. "마지막 열매를 영글게 할 남국의 햇볕을 이틀만 더 주십사" 하고 기도할 때가 이미 지나버렸습니다. 이제 나무는 여윈 몸으로 오래도록 침묵에 들 것이고 찬바람에 낙엽 뒹구는 소리만이 들려올 계절입니다.

오늘은, 옷깃이 저절로 여미어지는 죽은 이들을 위한 '위령의 날'이다. 죽은 이들과 못다 한 인연을 기도와 묵상으로 교감하라고 교회가 정한 날이다. 나는 특별히 자살한 젊은 영혼들을 위해 기도한다. 자살을 시도했던 경험이 있거나 꿈꿔왔던 사람들은 알 것이다. 삶과 죽음의 경계가 얼마나 얇은지를. 내가 하느님을 믿기 전이었던 20대 시절에 새벽 강가를 여러 번

찾았던 기억이 있다. 편두통은 계속되었고, 그때는 외길밖에 보이지 않았었다. 세상은 온통 칼바람만 부는 광야였고 벼랑 끝에 선 사람처럼 뭣 하나 잡을 데가 없다고 느껴졌다. 내 손으로 생목숨을 꺾을 결심을 하고……. 안개 낀 새벽 강가에서 그 못된 짓을 하려고……. 그 끔찍했던 순간을 떠올리면 지금도 소름이 쫙 돋는 듯하다.

나는 너무나 일찍 주검을 만났다. 내 나이 아홉 살 때 아버지가 돌아가셨다. 폐 질환을 오래 앓던 아버지가 마지막 숨을 놓을 때 곁에 있었다. 그 어린 나이에 임종을 지켰던 충격이 오래도록 뇌리에 남아 밤마다 악몽을 꿨다. 아버지가 다시 살아나거나 또다시 죽는 꿈을 수없이 꿨다. 내 몸속에서 죽음이 빠져나가는 데 참 오랜 시간이 걸렸다. 그래서 그런지 이즘에는 죽은 영혼들과 친하게 지낸다. 그들이 내 꿈속으로 찾아와 얘기하기도 하고 나에게 예지 능력을 던져주기도 한다. 슬하에 자식이 없던 당숙과 또 후처로 들어와 곤고한 삶을 살다 가신 큰어머니 그리고 나의 시부모님도 내게 찾아와 생시처럼 얘기보따리를 풀어놓는다. 잠에서 깨면 그날 꿈속에 찾아왔던 영혼들을 위해 위령 기도를 소리 내어 바친다. 살아생전에 '칠푼이'라고 업신여김을 받던 큰어머니는 꿈속에서는 신사임당처럼 품위 있는 옷을 입고 고졸한 모습으로 찾아오신다. 아마도 저세상에서는 특별한 보상 체계가 있나 보다. 넉넉히 보상을 받아

존경받는 인물이 되었나 보다.

본당에서 장례미사 해설을 맡고 있는 나에게는 죽음의 의미
가 특별하지 않다. 며칠 전에도 여든네 해를 살다 떠나가신 형
제님의 장례미사를 치렀다. 미사를 준비하면서 참 흐뭇한 맘으
로 기도했다. "주님, 세상의 고단한 순례를 마친 한 영혼이 제
본향으로 돌아갑니다. 제 목숨을 스스로 꺾지 않고 또 다치게
하지도 않고 오롯이 당신께 마지막 숨결을 맡긴 그의 영혼을
칭찬해주시고 평안히 받아주소서! 아멘!" 요셉 형제님처럼 천
명을 다하고 남은 가족과 교우들의 고별예식 속에 떠나는 영혼
앞에서는 옷깃이 저절로 여미어진다.

아메리카의 인디언 아라파호족은 11월을 '모두 다 사라진 것
은 아닌 달'이라고 부른다고 한다. 지금 잎을 다 떨군 겨울나무
는 빈 몸으로 침묵에 들어 미래의 죽음을 청청히 살아내고 있
다. 위령성월을 통해 우리도 낡은 삶을 덜어내고 내일의 죽음
을 묵상해보는 시간이 되었으면 한다.

멈추다, 그 꽃에서

인생의 고비는 예고 없이 찾아온다.

몇 년 전, 새벽미사 때였다. 7년째 전례 봉사를 하고 있었지만 제단 옆 마이크 앞에만 서면 언제나 떨렸다. 그날도 정확한 시간에 맞춰 미사를 진행하려고 해설대 의자에서 1초 2초 3초를 세며 막 일어서려는데, 몸이 기우뚱하며 현기증을 일으켰다. 삼종기도를 바치려고 기도서를 펼쳤는데 글씨가 파편화되어 툭툭 튀어 날아갔다(삼종기도를 외우고 있었기에 망정이지). 새벽미사를 진행할 때마다 몸이 좀 힘들다는 것은 느꼈지만, 내 몸이 '새벽형 체질'이 아니라서 그런 줄 알았고……. 그런데 그게 아니었다. 두두두…… 굴착기로 암벽을 뚫는 것처럼 머릿속이 쿵쿵 울리고 시야가 마구 흔들렸다. 털썩 주저앉고 싶을 만큼 진땀이 흘렀다. 미사를 겨우겨우 마치고 곧바로 병원으로 직행하는 신세가 되었다. 뇌단층(MRI) 촬영을 해보았고 귓병인 메니에르 증상 검사도 받아보았지만, 원인을 알 수 없는 병이었다. 꼭 뱃멀미 증상처럼 어지럽고 골이 흔들려 몸의 균형을 잡을 수가 없었다. 점점 말도 어눌해졌고 걸음걸이도 비틀거리며 어제 했던 약속도 기억하지 못할 정도였다. 그때까지만 해도 나는 내 몸의 주인이 정신인 줄만 알고 몸은 뒷전으로 치고 살아왔다. 정신만 좇는 공부를 계속했었고 '세계 문명사'를 혼자 공부하다 뒤늦게 철학에 빠져 공부해야 할 양이 더욱 늘어난 상태였다. 이미 시력이 나빠져 돋보기를 서너 개씩 놓고 쓸 정도였는데, 밤새워 책을 보고 있었다. 컴퓨터에서 온종일 작성해놓은 파일이 딜리트 키 한 번 잘못 눌러서 하얗게 날아가듯, 정신으로 쌓아놓은 지적 정보 역시도 좌뇌 회로 이상으로 한순간에 날아가버릴 수도 있다는 것을 그때 실감했다.

근 2, 3년 동안 이 병원 저 병원을 전전했지만, 어지럼증은 여전했다. 책도 볼 수 없고 글도 쓸 수 없는 상태에서 오직 할 수 있는 것은 묵상할 거리를 들고 산속을 걷는 일이었다. 그렇게 갱년기 증상을 혹독하게 겪으며 산 밑 동네로 이사를 했고 매일 산에 오르며 몸의 소리에 귀를 기울이게 되었다. 요즘도 돋보기를 쓰고 오랫동안 책을 보거나 어떤 일에 몰두하다 보면 귓속에서 거인의 발짝 소리처럼 저벅저벅 울림이 온다. 그러면

하던 일을 다 내려놓고 집 뒤에 있는 증미산에 오른다. 이젠 산속의 웬만한 생물들과는 교감이 통할 정도로 친해졌다. 특히 이곳은 철새들이 많이 지나가는 길목이라 산새들의 사계절 생태를 카메라에 담는 작업을 했다. 나는 병치레 이후, 시 한 편을 책상 앞에 붙여놓고 내 몸에게 주문을 건다. "내려갈 때 보았네/올라갈 때 보지 못한/그 꽃"(고은, 「그 꽃」). '이제, 순례의 절반을 걸어온 몸이니, 서두르지 말고 '그 꽃'을 발견하는 여유와 숨 고르기에 들어갈 시간임을 깨달으라고……'

굴뚝 청소부

지금, 우리 동네 겸재정선기념관에
서는 〈다시 보는 서울 풍경〉이란 제목으로 서울시립미술관 소
장 작품인 회화와 사진전이 열리고 있다. 여기에서 1960년대
의 흑백사진 한 점이 나의 시선을 끌었다. 해 질 녘 천변을 걸
어가는 굴뚝 청소부의 모습이다. 굴뚝을 청소하는 작업상 필요
했던 도구들을 챙겨 들고 귀가하는 중년 남자의 생생한 표정이
포착된 길거리 사진이다. 인물의 뒤편으로 펼쳐진 야트막한 산
자락이 한강변의 동네였음을 말해준다. 다닥다닥 붙은 낮은 지
붕이 산 하나를 벌집처럼 덮어버린 달동네(서강)였다. 불과 반
세기 전 서울에 사는 한 직업인으로서 삶의 흔적이었다. 그때
만 해도 '굴뚝 청소부'라는 직업은 당당한 하나의 직업군으로
자리를 차지했었다.

엊그제 신문을 읽다가 입이 다물어지지 않는 일이 벌어졌다. '학파라치'란 활동으로 연봉 2억 원을 벌었다는 한 30대 주부 이야기가 화젯거리였다. '학파라치'는 이 정부가 '사교육과의 전쟁'을 선포하면서 생겨난 고발 제도의 한 현상이다. 여기에 2년 동안 쏟아부은 포상금 비용이 무려 34억 원이나 된다니, 아이러니가 아닐 수 없다. 분당에 살고 있는 그 주부 말고도 한 해 동안 포상금으로 억대를 받은 고액 소득자들이 적잖이 있다는 것이다. 연 수입이 이쯤 되면 아르바이트라고 하기엔 껄끄럽지 않은가? 직업적으로 매달려 그 일을 했을 텐데……. 그렇다면 그들의 '직업'란엔 무엇이라고 적을 것인가! 학파라치를 양성하는 전문 학원까지 성행하는 행태이고 보면 "빈대 잡으려다 초가삼간 다 태운다"는 속담이 있듯이 이대로라면 초가삼간은 물론 나라 살림까지도 다 거덜 낼 판국이다. 불법은 또 다른 불법을 낳고 교묘하게 진화해서 국가 재정뿐만 아니라 우리 삶의 질서와 정신까지도 흔들어놓을 수 있다. 현대사회는 직업 종류가 너무나 다양해서 감히 헤아릴 수조차 없는 상황이다. 전문화되고 세분화되어 처음 들어보는 이색 직업도 여럿 있다.

나는 신문을 보면서, 엊그제 전시장에서 보았던 흑백사진 속의 굴뚝 청소부 모습이 자꾸만 떠올랐다. 역사의 뒤안길로 급히 걸어간 남자. 산업사회로 접어들면서 제일 먼저 사라진 직업 중의 하나가 굴뚝 청소부였다. 땔감의 재료가 바뀌면서 생긴 이 현상이야말로 근대와 현대의 경계를 구분 짓는 표석이 되기도 하였다. 이 직종을 오늘날 직업군으로 분류해보자면 환경산업 분야의 서비스업 종사자에 속할 것이다. 앞으로 어떤 직업이 등장하고 또 사라질지 감히 예측하기 어렵다. 하지만 학파라치 같은 이색 직업은 영원히 출현하지 않았으면 좋겠다. 학원의 불법과 편법 과외는 마땅히 뿌리 뽑혀야 할 폐습이지만 남몰래 은밀하게 접근해서 불법으로 채록한 자료를 내밀고 얻어진 소득은 어쩐지 떳떳하지 못할 것 같다. 교육부는 '고발제'가 아닌 다른 방식으로 해법을 찾아야 하지 않겠는가. 밥벌이 수단으로서의 직업 그리고 내 양심의 소리, 사회적 정의, 어쨌든 이 모든 조명은 주인공인 학생들을 위해서 초점이 맞춰져야 할 것이다. 비록 숯검댕이로 분칠된 얼굴이었지만, 누군가네 막혔던 굴뚝을 뚫어 따듯한 불길을 내주었을 그 사람, 사진 속의 굴뚝 청소부 발걸음은 경쾌하게까지 느껴졌다.

돌아온 꾀꼬리

세상엔 참 아름다운 소리도 많다. 나는 그중에서도 자연의 소리를 좋아하고 꾀꼬리 울음소리를 최고로 친다. 사람의 성대로는 감히 흉내 낼 수 없는 음색이며 더욱이 문자로 표현하기엔 역부족을 느낄 수밖에 없는 음역이다. 엊그제였다. 나흘 동안 내린 비가 내리다 갠 첫날이었다. 아침 햇살을 받으며 신록의 잎사귀들이 살랑살랑 빗방울을 털어내고 있을 때였다. 수정으로 만든 종소리처럼 투명한 울림이 상수리나무 숲을 가로질러 나에게로 왔다. 온몸에 전율이 일 정도로 청량한 음색이…….

우리 집 뒤에는 해발 50미터 남짓한 '증미산'이란 동산이 있다. 멀리서 바라보면 언덕인가 싶은데 가까이 다가서면 숲이

제법 짱짱한 산이다. 도심 속의 작은 이 숲에 몇 년째 꾀꼬리가 찾아와 둥지를 튼다. 이 손님은 입하(立夏)를 전후해서 사나흘 상간으로 모습을 드러낸다. 꾀꼬리는 여간해서 낮은 곳을 비행하지 않는 예민한 조류다. 나무 꼭대기에서 꼭대기로 비행하며 집을 짓고 새끼를 치기 때문에 좀처럼 사람 눈에 띄지 않는다. 금방 울음소리를 듣고도 골몰히 찾아보지 않으면 그 모습을 볼 수 없는 철새다. 언젠가는 반나절을 찾아 헤맸지만 끝내 숨바꼭질만 하고 말았던 적도 있다. "유상앵비(柳上鶯飛)는 편편금(片片金)이요(버드나무 위로 나는 꾀꼬리 금조각처럼 아름답고)." 하는「유산가」의 시구(詩句) 한 구절만 떠올리며 무조건 노란색만 찾아 헤맸었다. 개체 수가 워낙 드물기도 한 종(種)이지만 떼 지어 살지 않고 산 한 자락에 암수 한 쌍이 둥지를 틀 정도로 까탈스럽게 영역을 넓게 정하는 조류다. 초록빛 나뭇잎 사이로 샛노란 새가 날렵하게 날며 노래하는 것을 보면 누구든 반하고 말 것이다. 올해, 내가 그 새를 유난히 반가워하는 까닭은? 작년 9월 초 이후로 자취를 감췄기 때문이다. 그때는 아직 새끼가 다 자라지 않은 유조 상태였는데 어마어마한 태풍 '곤파스'가 몰아쳤다. 한밤중에 수령이 4, 50년 된 나무들이 불도저로 밀어버린 것처럼 한 줄로 쓰러지는 재앙이었다. 꾀꼬리 둥지가 있던 상수리나무도 비켜갈 수 없었다. 태풍의 핵심 진로에 있었던 것이다. 그들이 첫 비행도 해보기 전에 날벼락을 맞은 셈이다. 혹시나 하고 쓰러진 나무 주변을 살펴봤지만, 박

살 난 둥지만 여기저기 흩어져 있을 뿐 새끼나 어미의 흔적은 전혀 찾아볼 수 없었다. 그런데 이 봄에 그들이 다시 찾아오다니…….

자연의 회복력이 놀랍도록 빠르다. 태풍 곤파스에 뿌리가 반쯤 뽑힌 밤나무가 하늘을 향해 누워 있으면서도 잎을 피우고 꽃을 피우는 것을 보면 자연의 섭리에 경외감을 느끼지 않을 수가 없다. 몇 년간, 몸이 매우 아팠던 나는 동네 증미산 숲속을 거닐며 회복했다. 자연히 숲속 생명체들을 자세히 들여다보게 되었고 그들과 교감을 나누게 되었고 만물의 창조자이신 조물주의 현현(顯現)하심을 거기에서도 만날 수 있었다. 병이 든 나에게는 자연이 학교이고 의사였다. 돌아온 꾀꼬리가 아무리 아름다운 목소리로 노래하여도 귀가 열리지 않거나 마음이 가닿지 않으면 도시 소음에 묻혀 그냥 스쳐 지나갈 소리일 뿐이다. 성령을 체험해본 이는 알 것이다. 늘 함께 계신 성령도 우리의 마음이 무디어지거나 관심이 멀어지면 전혀 느낄 수 없음을…….

절름발이 염소의 몫

       아주 먼 옛날, 눈 덮인 히말라야 설산 동굴에 한 늙은이가 살았다. 오직 무명천 한 자락에 몸을 의지하고 기도에 열중했던 사람이었다. 후세 사람들은 그를 '티베트의 성자(聖者) 밀라레파'라고 부른다. 따뜻한 안방에 드러누워 깨달음을 얻을 수 없듯이, 그에게도 고난의 여정이 일찍 찾아왔다. 그는 넉넉하고 부유했던 부모의 슬하에서 태어났다. 하지만 아버지가 일찍 돌아가시는 바람에 어린 시절부터 고생길에 접어들게 되었다. 어린 자녀들과 젊은 아내를 남겨두고 하직을 앞둔 그의 선친은 친척들을 불러 모아놓고 그 앞에서 공개적으로 유언장까지 써놓고 떠났다. 어린 아들 퇴파가가 성장할 때까지는 모든 재산권을 당숙과 당고모가 맡아 관리해달라는 부탁을 하고 눈을 감았다.

재물에 대한 욕심은 옛사람이나 현대인이나 별반 다르지 않았나 보다. 신성의 땅이라고 일컫는 설산 아래에서도 복수극이 벌어졌으니. 재산권을 위임받게 된 당고모와 당숙은 마음이 돌변하여 그들의 재산을 착복해버리고 돌려주지 않았다. 그뿐만 아니라 어머니와 여동생을 종 부리듯 하며 고된 일까지 시켰다. 열다섯 살이 된 퇴파가는 복수의 칼을 갈며 고향을 떠난다. 당숙 가족과 당고모를 몰살시킬 계획으로 흑마술을 배우러 먼 길을 떠났다.

몇 년간 피나는 공부 끝에 마술을 익혀 돌아온 그는 당숙의 아들 혼인 잔치에서 우박과 돌풍을 일으켜 일가친척 서른다섯 명을 살해하는 범죄를 저지른다. 그리고 곧 후회하여 이번엔 참사람이 되기로 마음을 고쳐먹고 또 공붓길을 떠난다. 인도에서 갓 건너온 티베트 불교는 초창기엔 밀교(密敎) 형식으로 전파되었다. 불립문자라 할 만큼 필설로는 표현되지 않는, 선정(禪定)의 경지를 비밀스럽게 전했다고 한다. 그러니 절대적으로 도제 교육 방식이 이루어질 수밖에 없었다. 그 당시엔 가진 재산을 몽땅 스승에게 바쳐야 제자로 받아들여지는 풍습이 있었다. 그는 재산을 정리하던 중 팔리지 않는 염소 한 마리를 이웃에게 맡기고 떠났었다. 그 염소는 절름발이 불구였기 때문이다. 그런데 눈길 깊은 스승은 그것까지도 알아채고 늘씬 몽둥이 뜸질을 해서 되돌려 보낸다. 퇴파가는 기어이 절름발이 염소 한 마리까지 처분한 전 재산을 바치고야 스승 밑으로 들어가 공부를 할 수 있었다. 시련은 그때부터 시작되었다. 종일 등짐으로 돌을 져다 집을 짓게 하고 천신만고 끝에 완성을 이루면, 틀렸다고 허물게 하며 혼을 냈다. 그런 날은 밥도 주지 않고 어두운 방에 혼자 던져두었다. 말이나 글로써는 세울 수 없는 어떤 진리의 세계를 마음에서 마음으로 전하는 교육 방식이었을 것이다.

요즘 세간에 '도제 방식'으로 학생을 가르치다 물의를 빚었던 모 음대 교수가 있었다. 그의 해명을 들어보면 "성악 공부는 지금까지 도제 교육으로 이루어졌고 나도 그렇게 공부했으니 그런 식으로밖에 가르칠 수가 없었노라."고 했다. 제자를 가르치다 보면 열정이 앞설 수 있고 욕심 또한 일어날 수 있을 것이다. '철밥통'이라고 불릴 만큼 안정된 직장인 국립대학 교수이면서 화려한 무대의 정상까지 오른 그녀가 무엇이 아쉬워 사심을 부렸겠는가. 그저 열정이 좀 지나쳤을 뿐이고 그의 말대로 자기가 받은 교육대로 고질(痼疾)을 버리지 못하고 자신도 전수했을 뿐이었을 것이다. 교육의 르네상스 시대라고 불리리만치 찬란한 '21세기 교육'에서도 이토록 무리가 따르는데 그 천년 전의 밀교 스승이 '절름발이 염소 몫'까지 챙겨 오라는 이유가 반드시 있었을 것이다. 돌아갈 여지가 없어야 죽기 살기로 공부에만 전념할 수 있다는 극단적 효과를 노린 것 아니겠는가. 스승과의 인연이 그렇게 혹독하게 맺어졌던 밀라레파는 공부에만 몰입할 수 있었고 마침내 깨달음의 세계를 얻었다. 그리고 그 깨달은 법력(法力)을 무지몽매한 불자들을 위해 펼쳤다고 한다. 현재까지 티베트에서는 가장 사랑받고 존경받는 시다(Siddha)의 '성자'로 불린다고 한다.

3

도원을 찾아서

보길도에서 취하다

　　　　　　　　　그곳에 가보고 싶었다, 그가 살던
섬에. 세상사 접어두고 그만의 작은 천국 세연정(洗然亭)에 홀
로 앉아 시(詩) 한 수 읊고 나서 탁주 한 잔 들이키며 무희들의
춤사위에 흠뻑 취해 살았다던 그곳에. 고산(孤山) 윤선도를 만
나러 가보고 싶었다.

　보길도! 남도 끝자락에 있는 보길도는 그의 섬으로 더 유명
해진 곳이다. 국문학사에 빛나는 「오우가(五友歌)」와 「어부사시
사(漁父四時詞)」를 노래했던 그곳에, 조선시대 단가 문학의 대
가인 고산의 처절한 고독이 숨어 있으리라. 쉴 틈 없이 뛰어온
도시 생활에서 느닷없이 찾아온 실직의 황당함을 그를 만나 치
유할 수 있을까? 도회지에서 유배당한 듯한 느낌이 도회지 나
그네를 남녘의 바다, 보길도로 향하게 했다.

땅끝마을(土末) 갈두항에서 배를 탔다. 쪽빛 바다는 싱싱한 풋내음으로 살아 움직였다. 다도해 해상국립공원의 작은 섬들은 각양의 모습으로 '내 왕국으로 오시오' 하고 마중하듯 다가왔다. 난생처음으로 보는 바다 한가운데로 빠지는 일몰의 장관은 바로 여기가 천국인 듯했다. 하늘인 듯, 바닷속인 듯 모르는 곳으로 붉은 해가 빠지고 있었다. 서둘렀다. 날이 저물기 전에 세연정에 도착하고 싶었다. 해 질 녘, 그곳에서 그 노래를 불러보고 싶었기에.

> 어와 날 저물어간다.
> 쉬는 것이 마땅토다.
> 배 붙여라, 배 붙여라.
> 가는 눈 뿌린 길에 붉은 꽃 흩어지는데
> 흥(興) 치며 걸어가서
> 지국총 지국총 어사와
> 설월(雪月)이 서산에 넘도록 송창(松窓)에 기대어 있자.

「어부사시사」의 한 대목이다. 남도의 어부는 겨울에도 쉬지 않고 바다에 나갔나 보다. 날이 저물었으니 뭍에 오르는데 거기 내린 눈길에 석양이 비쳐 꽃인 듯 보였을까. 집에 돌아가서 송창에 기대어 달빛과 더불어 밤을 보내는 어부의 풍류가 나를 남도로 오게끔 유혹한 것인가? 부용동 초입에 세연정이 있었다. 하얀 때죽꽃이 물 위에 동동 떠 있는 세연지(洗然池)는 작은 천국 그대로였다. 흐르는 계곡물을 막아서 세연지가 되었고 그 물을 끌어들여 인공연못인 회수당(回水堂)을 만들었다. 그곳에 정자를 세운 것이 세연정이다. 세연정은 여인의 마음 같다. 자신의 모습을 한눈에 드러내지 않는다. 정원 전체를 한눈에 굽어보는 것을 절대로 허용하지 않는 것이다. 바위로 막아서는가 하면 또 비밀통로처럼 이어져 곳곳에 새로운 풍광을 감추고 있었다. 바로 여인의 마음처럼 은밀한 비밀이 숨어 있는 듯한 정원이었다.

우연찮게 세연정 앞에서 현지인을 만났다. 얼큰하게 취한 듯한 그는 걸쭉한 남도의 사투리로 육지 손님인 듯한 일행에게 열심히 설명을 하고 있었다. 세연정에는 무도암과 유도암이 있다. 그는 유도암 앞에 서서 침이 튀는 것도 잊은 채 과장된 몸짓을 하면서 신명 나게 설명했다. 고산이 여인을 즐겼다는 설화는 들었지만, 이곳에서도 그 사실은 여지없이 드러났다. 실오라기 하나 걸치지 않은 무희들을 무도암에서 춤추게 하고, 고산은 한 발짝 건너 유도암의 수면 속에 비치는 춤사위를 즐겼다고 한다. 그 장면이 가히 상상만으로도 짐작이 갔다. 외롭게 떠 있는 섬 회수당에는 자태 고운 노송이 한 그루 서 있다. 수면에 드리워진 노송 그림자를 배경으로 무도암의 춤사위는 인어인 듯, 선녀인 듯 하늘하늘 물속에서 나부꼈을 것이다. 조선시대 여인들의 전라(全裸)의 모습이 오늘도 물속에 잠겨 하늘거리는 듯하여 잠시 현기증을 느꼈다. 독한 사람에게서 예술이 나온다더니, 고산은 지독하게 독한 사람이었나 보다. 그 늙은 나이에 그것도 혼자서 춤사위를 즐기기 위해 젊은 여인들의 옷을 벗겼을 것을 생각하니 괜스레 부아가 치밀어 나도 모르게 숨결이 거칠어졌다. 전위예술이 조선시대에도 있었던가? 비애에 젖은 몸짓의 여인들 물그림자가 침묵 속에 잠긴 듯 회수당 물빛은 고요하기만 했다. 고산의 고절함이 좋아서 찾아왔건만 부아가 치밀어 오르는 감정은 또 어찌할까?

오늘 밤은 부용동에서 고산과 자야겠다. 남도의 건강한 구릿빛인지, 술 취한 홍조 탓인지 얼굴이 붉은 그 중년 아저씨는 자기가 그곳 초등학교 교사라고 소개하고는, 부탁도 안 했는데 민박을 알선해주었다. 자기네 학교 육성회장 집으로…….. 대대로 고기를 잡고 살아온 어부네란다. 오늘 밤은 꽃새우탕으로 저녁을 먹고 어부와 함께 그 노래를 불러봐야겠다. 달빛 가득한 송창에 기대어서…….

아침에 눈을 뜨니 민박집 부부는 벌써 바다에 나가고 없었다. 어젯밤은 고산보다 내가 더 취했었나? 늦잠을 자고 일어난 나그네에게 부지런한 어부의 아내는 아침 밥상에 돔매운탕을 끓여 얌전하게 상보를 덮어놓고 나갔다. 해가 뜨기도 전에 아이들만 남기고 어부 부부는 그들의 생활현장인 바다로 나갔다. 둘째 날은 고산이 다도(茶道)를 즐겼다던 동천석실을 가보기로 했지만 아쉽게도 갈 수 없었다. 가파른 산중턱이었고 아직

복원이 안 되어서 산길이 험악했다. 그 중년 아저씨의 구전(口傳)으로 대신 듣기로 했다. 동천석실에서 차를 끓이기 위해 저녁에 피워 올리는 연기는 부용동 8경 가운데 으뜸이라고 했다. 산 밑의 마을에서 동천석실 간에는 줄을 이용한 도르래 장치가 있었다고 한다. 끼니때마다 식사를 도시락으로 만들어서 공수했고 글쓰기에 필요한 종이, 먹, 붓 등도 이 기구를 이용해서 운반했다고 한다. 때로 철저한 고독을 즐겼을 한 문학가의 고절한 사상을 가파른 암벽 위에 서 있는 동천석실이 그대로 전해주는 것만 같다.

  윤선도는 풍랑 때문에 보길도와 인연을 맺게 되었다. 병자호란 당시 당쟁으로 서로 이념 싸움이 한창일 때 윤선도는 반대파의 모함으로 제주 유배길에 나섰다가 풍랑을 만났다. 그래서 잠시 보길도로 피신했던 적이 있었다. 오랜 유배 생활과 당쟁의 소용돌이 속에 지친 노년의 정치가는 세상사를 접어두고 다시 보길도로 돌아와 산수 좋은 이곳에서 은둔 생활을 한 것이다. 이곳 풍광을 벗 삼아 노년을 편히 보내며 그 용솟음치는 문학의 꽃을 찬란히 피웠다. 고산은 자연의 아름다움을 누구보다도 알차게 즐기며 산 인물이다. 그가 그 시절에 여든다섯까지 장수를 누린 비결은 보길도에 가면 그 비밀이 풀릴 것이다. 높은 산, 깊은 계곡, 상록수림으로 둘러싸인 해변, 어느 한구석이 비경 아닌 곳이 없다. 뱃길이 드물게 닿던 섬 보길도에는 윤선도의 혼(魂)이 여전히 숨 쉬고 있었다.

　나는 이제 육지로 가는 완도행 카페리를 탔다. 작은 섬 보길
도가 점점이 멀어져 바다에 한 점으로 떠 있다. 갑자기 등줄기
에 식은땀이 배었다. 이번 여행이 도회지에서 열심히 일한 후
에 찾아오는 휴가였다면 얼마나 좋았을까? 그러면 그 고절한
고산의 체취가 선명하게 내 가슴속에 고스란히 아로새겨지지
않았을까? IMF 체제에서 날아가버린 일자리 없는 서울로 돌
아갈 현실이 아찔하기만 하다. 남녘의 봄은 나그네의 마음도
모른 채, 누렇게 보리 물결로 익어가고 있었다.

잠향(潛香)이 흐르는 명화

　　　　　　　　　　좋은 그림은 그 속에 그윽한 향기를
지니고 있다. 우리 집 거실 벽에 걸려 있는 귀한 동양화 한 점
도 항상 집 안 분위기를 평온하게 감싸주고 있다. 해 질 무렵,
석양을 받으며 늙은 농부가 암소의 등을 타고 언덕을 내려와
귀가하는 한가로운 조선시대 풍속도가 바로 그것이다. 〈기우
도(騎牛圖)〉란 제목의 이 그림은 단원 김홍도의 작품으로 〈병풍
신선도(屛風神仙圖)〉, 〈취적도(吹笛圖)〉 등과 함께 그의 기풍이
잘 나타나 있는 수작(秀作)이다. 단원이 어사 박문수의 시를 바
탕으로 해서 그렸다는 사연이 있는 그림이기도 하다.

　박문수가 암행어사 시절 남도(南道)를 감찰하고 있을 즈음이
었다. 이 고을 저 고을로 봇짐을 메고 객지를 떠돌다, 어느 산
골마을에 당도했다. 때는 해거름이었다. 끼니와 잠자리가 걱정

되어 시름에 잠겨 있는데, 때마침 하루의 농사일을 마치고 귀가하는 노인을 바라보면서 떠돌이 신세인 자기를 한탄하며 시 한 수를 읊은 것이 이 그림의 화재(畵材)가 되었다고 한다. 예나 지금이나 가족과 집은, 떠나 있는 이들에게 그리움의 대상인가 보다. 처자식이 기다리고 있는 집이야말로 어머니의 품속 같은 아늑한 안식처가 아니던가. 그림을 보고 있노라면 갖가지 상상들이 나래를 펴고 그림 속으로 나를 끌어들인다. 어느 때는 조선시대 농부의 아낙이 되어 들일을 마치고 돌아온 남편에게 따뜻한 저녁식사를 준비하기도 하고, 때로는 당대의 풍류객 김홍도의 벗이 되어 묵(墨)을 치기도 한다. 또 한편으로는 박문수의 아내가 되어 조선 천지를 떠도는 지아비를 위해 정한수 한 그릇을 떠놓고 간절히 기도하는 정경부인이 되기도 한다. 어쩌다는 길손을 기다리는 주막의 주모가 될 때도 있다. 해거름에 박문수의 남루한 모습을 보고 그가 암행어사임을 단번에 알아보는 산전수전 다 겪은 늙은 주모 말이다.

이렇듯 평화로운 전원 풍경을 보여주는 이 그림은 내 마음을 그 속으로 끌어들여 주인공이 되게 하기도 하고, 벗이 되어 생활에 지친 나의 고갈된 정서를 채워주거나 여유를 갖게 해주는, 그야말로 그윽한 정취와 잠향(潛香)을 품고 있다. 김홍도의 그림 속에는 늘 해학과 서민적 정서가 담겨 있어 친근감이 간다. 이 그림 역시 이마가 훌렁 벗겨진 농부의 모습이 정감을 주고, 유순한 암소의 눈매가 보는 이의 마음을 푸근하게 한다. 특히 간결한 선이 졸박(拙樸)함을 느끼게 하고, 안정감 있는 채색과 서향으로 트인 여백이 잔잔하게 그다음 풍경까지도 연상케 하는 여운을 담고 있다.

한데, 그림과는 대조적으로 우리 집에는 잔인한 3월이 있었다. 부부 싸움을 하고 근 한 달 동안 각방을 쓰며 침묵 속에서 서로가 서로를 의식하지 않으려는 채 찬바람만 쌩쌩 지나가는 계절을 보냈다. 남편의 귀가 시간은 점점 늦어졌고 나는 나대로 안방 문을 꼭꼭 걸어 닫고 좀처럼 화해할 기미를 보이지 않았다. 우리 집 찬바람은 꽃이 피고 새가 우는지조차 모르고 부활절을 시리도록 보내고도 순환을 거부한 채 냉기 속에 잠겨 있었다. 매일처럼 주막같이 썰렁한 문간방에서 한 중년 남자가 잠을 자고 아침이면 말없이 나간다. 그날도 예외 없이 남편의 귀가는 늦어지고, 심신이 지쳐버린 나는 소파에 누워 그림을 보고 있는데, 그림 속의 농부가 나를 보고 말을 걸어왔다.

'따뜻한 된장찌개 맛을 본 지가 언제인지도 모르겠소.'

훌렁 벗겨진 이마와 땀에 절었을 베적삼이 굽은 등을 더욱 슬퍼 보이게 하는 허기진 모습으로, 나를 내려다본다. 이번엔 박문수가 그림 저편에서 또 입을 열었다.

'여보, 지금 나는 몹시 지쳐 있소. 따뜻한 가족의 품으로 돌아가고 싶소.'

단원도, 완성하지 못한 붓끝을 떼면서 내게 애원하듯 조용히 속삭인다.

'아내여, 당신의 묵묵한 역할이 있었기에 나의 창조적 예술이 있었소. 찬바람이 불고 있는 집으로 돌아갈 용기가 없어서 늦은 밤까지 주막거리에서 방황하고 있다오.'

밤마다 불 꺼진 벽 저편에서 애달픈 소리들이 쟁쟁거리듯 들려왔다. 귀를 막고 눈을 감아도 단원과 어사 박문수 그리고 그림 속의 노인이 한데 어울려 나를 향해 원망의 목소리를 높인다.

낮에 남편이 집에 다녀간 모양이다. 의료 보험 카드가 거실 탁자 위에 있고 안방 화장대 위에는 두툼한 편지 한 통이 놓여 있다. 병원행 영수증을 보니, 신경성 위염이 또 재발한 모양이다.

"시베리아 냉기가 더 지속되다간 사람 잡겠네."

이렇게 혼자 중얼거리며 앞치마를 두르고 소매를 걷어붙인다. 창문을 활짝 열어젖히고 정체된 공기를 털어낸다. 구수한 된장찌개 냄새가 집 안 가득 퍼지고 서남향의 우리 집에 석양이 깊숙이 들어와 거실 벽에 있는 〈기우도〉를 환하게 비춘다. 농부의 얼굴에 다시 생기가 돌고 저녁연기가 피어나는 작은 촌락은 한없이 평화로워진다. 사립문 밖까지 나와 귀가하는 남편을 기다릴 농부의 아내가 저 멀리 서 있을 것만 같다. 그렇다.

냉전은 이제 그만 거둬들여야겠다, 조금은 자존심이 상하지만. 그리하여 오늘 밤엔 수다스런 주모가 되어 문간방 남자에게 모처럼 따뜻한 국밥 한 그릇이라도 팔아야겠다.

탱자나무 가시는 제 살을 찌르지 않는다

　　　　　　　　로댕갤러리에 갔었다. 땡볕이 쏟아지던 여름날이었다. 7월의 작열하는 태양과 전시회 제목이 그럴듯하게 맞아떨어지는 날씨였다. 〈사랑과 열정의 서사시, 로댕과 지옥의 문〉이란 벽보의 고딕체 광고 글귀가 강하게 구미를 당겼다. 땀을 뻘뻘 흘리며 전시장에 들어서는 순간, 나는 가슴이 서늘하게 오그라드는 느낌이었다. 아니, 얼어붙었다고 할 정도로 오금이 저려 옴짝달싹 한 발짝도 뗄 수가 없었다. 그래서 한 자리에서 한참을 서 있었다. 시커먼 청동 조형물이 출입구 쪽에 떡 버티고 있었는데, 적나라한 군상들이 격렬한 몸짓으로 지옥문에 매달려 신음하고 있었다. 그들 중 어딘가에 나의 미래 형상도 박혀 있을 것만 같았다. 작품에서 음습한 기운이 뻗쳐 나와 나의 머리카락을 쭈뼛쭈뼛 서게 했다.

로댕의 〈지옥의 문〉은 그가 죽을 때까지도 완성을 보지 못했던 작품이다. 단테의 『신곡』 중 지옥편을 토대로 한 200여 개의 군상으로 만들어진 로댕 최고의 걸작이면서도 미완성으로 남겨진 작품이었다. 끊임없는 고뇌의 소용돌이, 그칠 줄 모르는 육욕과 탐욕의 구렁텅이에서 허우적대는 인간들의 현주소가 리얼하게 그려진 현대사적 대서사시였다. 그 가운데 오른팔로 턱을 괴고 앉아 깊은 사색에 잠긴 듯한 조각상이 바로 로댕 자신의 모습, 즉 생각하는 사람(The Thinker)이다. 그는 이 작품의 군상을 이끌고 있는 창조자로서 자리한 것일까. 아니면 생명줄을 놓을 때까지도 고뇌의 실마리를 풀지 못해 작품 속에 영원히 갇혀버린 망령인가.

독특한 짜임새 연출이 작품들을 더욱 돋보이게 했고 서사적 분위기로 관람을 이끌었다. 아담으로부터 시작되어 〈허무한 사랑〉과 〈입맞춤〉 등으로 대표되는 '육욕과 에덴동산'(아침)을 지나 〈탕아〉와 〈순교자〉가 있는 '지옥의 저주(저녁)'로 이어졌다. 그리고 로댕의 자화상 〈생각하는 사람〉과 청동 주조 모형이 있는 작가의 아틀리에에 이르면서 인류가 걸어온 질곡에 대한 여정은 끝이 난다. 시간의 흐름에 따라 서서히 서사적 분위기에 젖어들도록 새벽에서 저녁까지를 아슴푸레한 빛으로 처리한 효과 또한 연출자의 안목을 짐작케 하는 전시였다.

섬뜩한 지옥문을 지나 〈허무한 사랑〉 앞에 선 나는 오래도록 발이 묶이고 말았다. 왠지 가슴이 뻥 뚫려 자꾸만 헛바람이 나오는 것 같아 발걸음이 떨어지지 않았다. 지금 막 사랑 행위가 끝난 순간인지, 알몸의 남녀는 서로 등을 돌린 채 하늘이 꺼질 것처럼 절망적인 포즈를 취하고 있다. 느닷없이, 절망적인 눈빛을 한 여인이 내게로 비틀거리며 걸어 나왔다. 로댕과 연인 사이였던 카미유 클로델 그녀였다. 나는 그녀의 손을 잡아주었다. 로댕의 조수이면서 연인이었던 불행한 삶을 살다간 여자. 뛰어난 재능과 열정으로 로댕을 사로잡았던 여자. 젊고 발랄한 제자였던 카미유는 작품에 대한 의욕이 넘쳐났었다. 하지만 사랑은 그녀를 짧은 시간에 머물게 했고 긴 아픔 속에 가둬버렸다. 재기 넘치던 창작욕과 젊음을 송두리째 로댕에게 빼앗기고 정신병원에서 긴 시간과 함께 서서히 죽어간 여자였다. 그들의 사랑 역시도 허무한 것이 되고 말 것을 예견이라도 하였던가. 저 조각품을 빚어놓고 그들은 쓸쓸히 사랑을 끝냈으리라. 애증으로 남은 그들의 관계가 청동상으로 굳어져 오래도록 죗값을 치르고 있는 것은 아닌지.

반나절 남짓 전시장을 구석구석 둘러보았지만 공허함은 그대로였다. 몹시 허기진 기분으로 출구 쪽으로 나서는데, 등짝에서 뜨끔하고 섬광처럼 후려치는 통증이 지나갔다. 늑골거근 하나가 툭 끊어지기라도 하듯 허리가 휘청할 정도였다. 날카로운 가시가 장기 깊숙이 박혀 찔리는 듯한 견딜 수 없는 통증이었다. 등골에서부터 시작된 통증이 점점 앞쪽 장기로 압박해오는 느낌이었다. 가슴을 움켜쥐고 허겁지겁 건물 밖으로 빠져나왔다. 그리고 무조건 택시를 잡아탔다. 이마에 맺힌 진땀을 보고 기사 아저씨는 에어컨 센서를 최강으로 높여주었다.

대체 심장을 찌르는 듯한 이 날카로운 정체는 무엇일까? 나도 모르게 주먹으로 가슴을 쿵쿵 치며 쥐어뜯고 있었다. 잠시 눈을 감았는데 선명하게 떠오르는 장면 하나가 있었다. 내 고향집 탱자나무 생울타리였다. 길고 억센 가시가 표독스럽게 엉켜 있어도 탱자나무 가시는 절대로 제 살을 찌르지 않는다. 옆에 있는 나뭇가지 역시도 다치게 하는 법이 없었다. 그러면서도 고운 꽃을 피우고 향기를 내뿜으며 알토란 같은 열매를 내놓았다. 그뿐인가 그의 몸에 올려진 호박덩굴이 펑퍼짐한 궁둥이를 들이밀며 똬리를 틀고 눌러앉아도 넉넉하게 받아주었다. 한아름의 호박이 붉은색으로 익어갈 때까지 충실하게 매달고 있었다. 마치 살붙이처럼. 탱자나무 가시는 도둑의 침입을 막는 방범용 울타리뿐만 아니라 성벽 밑에 심겨져 적병의 접근을 막는 방어용으로도 한몫을 했다. 장미 가시가 제 꽃을 보호하기 위해 독을 품었다면 탱자나무 가시는 남을 지켜주기 위해 날카로움을 지녔는지도 모르겠다. 그 옛날에 마르쿠스 아우렐리우스는 이렇게 한마디로 정의했다. "어떠한 자연도 예술만 못한 것이 없노라고". 그렇다. 자연의 오묘한 섭리를 인간이 어찌 알랴.

나는 이제 그녀 카미유 클로델의 손을 놓아야 할 것 같다. 예술가에게는 고약한 악덕조차도 영감(靈感)의 재료로 쓰인다더니 로댕은 자기 예술을 완성하기 위해 그 자신뿐만 아니라 남에게도 상처를 찔러댔다. 전시장의 작품들이 저마다 날카로운 가시에 박혀 고통을 호소하고 있었다. 아니, 날카로운 가시가 돋쳐 벼르고 있었다. 누군가의 영혼을 깊숙이 찔러 피를 낼 것처럼 카리스마를 뿜고 있었다.

그이의 무덤가에 조팝나무 한 그루 심어주고 싶다

　　　　　　　뱃길로 한강 하류를 지나다 보면 건너뛰어도 될 듯이 좁아 보이는 해협이 있다. 강화도와 김포반도가 마주한 곳, 땅끝 모퉁이를 휘돌아 용케도 물길이 나 있는 '손돌목'이 그곳이다. 소용돌이치는 물결소리가 보통 험한 협류가 아님을 말해준다.

　이곳엔 한 뱃사공의 원혼이 오랜 세월 잠들지 못하고 있다. 소용돌이치는 물소리와 함께 울고 있다. 굽이치는 물살 건너로 광성진이 빤히 바라다 보이는 이곳은 덕포진 북쪽 언덕이다. 초라한 무덤 하나가 강화도를 향해 땅끝 자락 난간 위에 누워 있다. 묘비에는 '뱃사공 손돌공의 묘(舟師孫乭公之墓)'라고 적혀 있다.

내가 이 무덤에 처음 왔을 때는 작년 봄이었다. 온 나라가 IMF 한파에 몸살을 앓기 시작하면서 하루에도 몇천 몇만 명의 실직자들이 쏟아져 나올 즈음이었다. 내 남편도 본인의 인생 계획과는 관계없이 벼락 퇴직을 당했다. 그 막막하기만 하던 날, 우리는 우연찮게 이곳을 찾게 되었다. 구석진 땅 끝자락에 모로 누운 무덤의 주인공이 왠지 연민을 갖게 했다. 비석에 적힌 이름을 보면 화려한 역사 속의 인물이 아닌 듯 돌(乭)이란 이름자가 들어가 있다. 신분제 사회에서는 이름만으로도 그 사람의 출신성분을 가늠할 수 있었다. 흔히 돌(乭)이나 석(石) 따위의 글자가 들어가면 천민 계급이거나 무지렁이들의 이름이었다. 소외계층 사람들은 이름에까지도 그렇게 평생 자기 신분을 달고 살아야 했다. 만약 무덤의 인물이 그런 계층의 망자였다면? 이렇게 큰 비석을 얻기까지는 필시 사연이 있을 듯싶어 궁금증이 일기 시작했다.

이곳은 김포군 월곶면 신안리이다. 해안지역이지만 어촌이라기보다는 전형적인 농촌 부락이다. 띄엄띄엄 농가가 있는 작은 촌락이다. 그런데 뱃사공의 무덤이라니? 동네를 한 바퀴 돌아 나오다 다행히도 할머니 한 분을 만났다. 구세주처럼 붙들고 '손돌의 묘'에 대해서 여쭈어보았다. 할머니는 열여섯 살에 이 마을로 시집와서 60, 70년을 살아온 토박이나 다름없는 분이란다. 새댁 시절에 들었던 손돌묘에 얽힌 설화를 소상히 꿰

고 있었다. 할머니의 구술과 『김포군지』를 통해 손돌묘에 관한
사연을 알고부터는 이 묘의 주인에게 애틋한 관심을 두게 되었
다.

  지금으로부터 약 700여 년 전, 고려는 내우외환(內憂外患)으
로 많은 수난을 겪었다. 몽골의 수차례 침략과 부당한 조공의
요구에 고종 임금은 결사 항전할 것을 결심한다. 그리고 수도
를 강화도로 천도하리라 결심한다. 조정을 이끌고 개경을 떠난
임금은 사공 손돌이의 배를 타고 어둠 속의 예성강 벽란도를
거쳐 임진강과 한강 하류를 지나 강화도로 가고 있었다. 이곳
지형은 육지 끝자락이 불룩 튀어나와 섬과 맞닿은 것처럼 보인
다. 처음 오는 이는 영락없이 뱃길이 막힌 것으로 착각하기에
십상이다. 어둠을 틈타 천도하는 임금은 이런 지형을 보고 심
기가 매우 불편해졌다. 뱃길도 없는 곳으로 손돌이는 노를 꾸
역꾸역 저어가고……. 임금은 수차례 뱃길을 바로잡도록 명하
였지만, 순박한 손돌이는 그 의미를 알아채지 못했다. "보기에
는 막힌 듯하오나 좀 더 나아가면 앞이 트일 테니 괘념치 마시
옵소서."라고 한마디를 아뢰고는 묵묵히 노만 저어 갔다. 마음
이 극도로 초조해진 임금은 손돌이의 흉계로 의심을 하고 수행
하는 신하에게 사공의 목을 치라고 명령한다. 손돌은 죽음에
직면한 순간에도 임금의 안전 항해를 바라는 충성심은 변함이
없었다. 그는 "바가지를 물에 띄워 그것을 따라가면 뱃길이 열

릴 것입니다."라고 아뢴 후 마침내 그 자리에서 참수되고 말았다.

이윽고 왕의 야행 천도 행렬은 손돌이가 말한 대로 바가지가 흘러가는 대로 따라가 험한 협류를 빠져나와 무사히 강화도에 도착했다고 한다. 한발 늦게야 자신의 성급함을 깨닫고 가슴을 치고 또 쳤다는 임금, 사공 손돌이의 장사를 후히 지내주고 사당도 세워주라는 명령을 내렸다는 전설이 내려온다. 지금도 이 뱃길은 손돌이의 목을 벤 곳이라 하여 '손돌목'이라고 불리며, 사공들에게는 어려운 지점으로 꼽히는 코스다.

나는 가슴이 몹시 답답할 때면 이곳에 온다. 우리는 언젠가부터 강한 것에 중독되어 작은 소리는 들리지 않을 때가 있다. 소수의 뜻이거나 소외계층의 힘없는 소리들이……. 내 마음은 그렇지 않은데 상대방이 나의 속내를 몰라주거나 내 작은 소리가 세상을 향해 옳다고 소리쳐도 반응이 없을 때도, 나는 나를 영악하게 대변하지 못하는 사람이다. 그런 자신이 한없이 초라해질 때 이 무덤가에 서면, 조금은 어눌한 듯한 손돌 공의 목소리가 들리는 듯하다. '보기에는 막힌 듯하오나 좀 더 나아가면 앞이 확 트일 터이니 괘념치 마시옵소서.' 이 어눌한 외침이 나를 위로한다.

지금 우리 시대에도 손돌공의 외침 같은 순박한 소리는 묵살 당하고, 그의 목숨처럼 억울하게 희생되는 이는 없는가? 날 선

목소리들이 세상을 이끌어가고 작은 소리는 뒷전으로 밀려나 저 손돌목의 물소리처럼 울고 있지는 않은지. 귀를 열고 작은 소리를 들어보자. 망자 손돌 공은 참말밖엔 모르는 인간이었으니 그 심정이 어땠을까.

봄이다. 산에 들에 꽃이 핀다. 조팝꽃도 곧 필 것이다. 좁쌀밥 같은 작은 꽃이 이름 없는 이의 넋인 듯 지천으로 피어난다. 조팝꽃을 보면 수수한 그 모습이 순박한 이를 닮은 듯하여 애련한 생각이 든다, 손돌 같은 숙맥을 닮은 듯. 조팝나무는 가늘고 작지만 우리에게 이로움을 주는 옹골진 관목식물이다. 어린 잎은 초봄에 나물로, 꽃은 향기가 깊어 꿀벌에게, 뿌리와 줄기는 목상산(木常山)이라 해서 해열제의 약재로 쓰인다. 이처럼 유익하게 쓰이면서도 나그네의 눈길 한 번을 제대로 끌지 못하는 꽃으로 묵묵히 피어난다. 5월이 되면, 또 한 번 일자리들이 술렁일 것이다. 서로의 몫을 찾기 위한 노동자와 사주의 날 선 목소리와 편 가르기가. 하지만 남편이나 나나 우리 집 식구는 작년 봄 이후로 어떠한 소속에도 속하지 않은 도시의 변종으로 전락되었다. 이런 날 손돌 공의 무덤가에 조팝나무나 한 그루 심으러 가야겠다, 무심(無心)으로. 그를 닮은 수수한 조팝꽃이 하얗게 피어 그의 애련한 넋을 달래주기를……

기린에 대한 단상

          살다 보면, 어떤 날은 맹탕 같은 느낌이 드는 날이 있다. 그런 날에 나는 동물원엘 간다. 음력 2월이다. 쫓겨가는 겨울바람이 심술 나서 뒷발질 한 번 더 쳐보고 간다던 꽃샘추위가 극성을 부리는 날이다. 이즈음에 나는 앞발질을 잘 하는 그를 만나러 동물원에 간다. 대지는 아직 회색빛이고, 사람들은 동물원에 오지 않는다. 그가 회색 벌판에 우두커니 서 있을 때 외로움은 절정에 이르는 듯 보인다. 탯자리의 초원을 그리며 먼 하늘을 바라보는 그의 눈빛에 담긴 서정시를 읽으러 찾아간다.

          순하디순한 그의 동공을 바라보고 있노라면, 천상에나 존재할 것 같은 기질을 타고난 짐승이다. 누구든 조금만 가까이 접근하여도 잔뜩 겁먹은 표정으로 한 발짝 뒷걸음질 치는 걸 보면 애처롭기도 하고 얄밉기도 하다. 그 덩치에 겁먹을 게 뭐가 있다고, 좀처럼 어울리지 않는 행동을 한다. 급변하는 환경에서 그 어리바리한 눈빛으로는 도저히 이 세상을 견뎌낼 족속이 아닌 듯하여 안타깝기도 하다. 어느 날 동물원에 갔다가 놈의 모습을 보고 문득 내가 그를 닮지 않았는가 하는 생각이 들었다. 시류를 따라가지 못하고 추억의 뒤꽁무니나 어슬렁대는 내 꼬락서니가 이억만 리 떨어진 제 고향 쪽만 바라보는 놈과 닮은 꼴임이. 그날부터 나는 놈과 친구가 되기로 했고, 그를 관찰하고 그에 관한 자료수집에 들어갔다.

그를 두고 전해오는 이야기는 동서양에서 영 딴판인 정서로 전해온다. 동양의 문헌에서는 "성군이 나타날 때, 임금의 덕이 새와 짐승에게까지 이르게 되면 그가 온다."고 하였다. 천하에는 존재하지 않는 영물로, 태평성대가 이뤄질 때 그가 나타난다는 전설 속의 상서로운 동물로 전해져왔다. 반면 서양에서는 그를 두고 천지 창조를 할 때 아이디어가 모자란 신들이 남은 잡동사니를 모아 만들어낸 '뜯어 맞춘 동물'이라고 놀려대는 말이 전해온다. 이런 놀림거리는, 그의 불균형적인 신체 조건에서 나온 말일 게다. 거추장스러울 정도로 긴 목과 긴 다리는 물을 마실 때도 몹시 불편하다. 그래서 종종 웅덩이나 개울가에서 물을 마시다가 사자의 습격에 희생되기도 한다. 하지만 그는 다른 유제류(有蹄類)가 닿지 못하는 높은 곳의 나뭇잎을 먹을 수 있도록 신체적 조건을 진화시켜 적자생존의 자연계에서 오늘날까지 종(種)을 유지하며 살아남았다. 한 짐승을 두고 동서양이 이렇게 상반된 정서를 가진 점도 나에게는 꽤나 흥밋거리가 되었다.

그의 서식지는 사하라 사막 이남의 아프리카 지역이다. 성긴 관목 숲이거나 나무가 있는 초원이다. 아까시나무 잎이나 몰약, 감람나무 잎을 즐겨 먹는다. 그는 힘센 동물이지만 약자에게 눈을 돌리지 않고 채식 습성을 고집한다. 살아 있는 생명체는 밟지도 않는 성인군자라고, 동양에서는 그를 신성한 동물로 추켜왔다. 그는 뿔이 있는 반추동물이지만 서너 개의 뿔이 다 북털 속에 숨겨져 있어 보이지 않는다. 관(冠)이 향기롭지 않은 것을 보면 그의 전생은 그리 높은 족속이 아니었나 보다. 그의 피부는 대단히 컬러풀하고 건조하다. 주황색이 감도는 갈색 패치 모양 얼룩무늬는 크림색이 도는 엷은 황색의 그물눈에 의해 구획되어 있다. 이 무늬는 늙어 죽을 때까지도 변하지 않고 그의 신분을 지켜준다.

그들 족속은 저희끼리 싸움을 할 때도 생긴 것처럼이나 느리게 행동한다. 싸움에서도 네킹(necking)이라 불리는 복잡한 의식이 나름 발달해 있다. 싸움의 상대가 되는 두 마리가 느린 동작으로 발레를 하듯 서로 목을 감았다 푸는 행위이다. 수컷들의 세계에는 엄격한 서열이 있다. 가끔은 머리를 옆으로 돌려 큰 망치처럼 부딪치는 격렬한 싸움이 일어나기도 하는데 이때는 세력권이 붕괴된 시점이다. 불행하게도 순위가 뒤바뀌는 쿠데타가 일어난 상태이다. 아마도 그들의 선조는 강력한 세력권을 지녔던 사회성 동물이었던 것 같다. 이렇게 해서 승부가 결정되면 세력권 안의 보스로서 우위를 갖고 발정한 암컷을 차지한다. 그러니까 일부다처제로 우위성이 인정된 수컷 한 마리가 교미의 독점권을 차지하게 된다. 싸움에서 진 쪽은 항복하고 그 무리를 떠나 다른 무리를 찾아 다시 도전의 기회를 갖는다. 이렇듯 수컷들은 대부분의 시간을 발정한 암컷을 찾아 나서 연애를 좇는 데 힘을 소비한다. 도전했다가 패배하면 깨끗이 인정하고 길을 떠나는 그들의 게임과 법칙이 멋지지 않은가.

놈의 신체는 이율배반적인 데가 있다. 눈빛은 어리바리해 보이지만, 검고 긴 혀를 가지고 있어 의심의 눈길을 늦출 수 없는 종자다. 언제 그 검은 혀로 허를 찌를지 모를 불온한 놈이란 것이다. 슬프고 겁먹은 표정과는 달리 씩씩한 워킹을 할 때 보면 완전히 딴 얼굴이다. 긴 다리를 곧게 세우고 긴 목을 한껏 빼서 먼 데를 바라보며 이상을 꿈꾸는 듯한 눈빛. 왼쪽 앞다리가 지면에 닿는 순간 왼쪽 뒷다리를 내 짚는 측체보(側體步)라는 걸음걸이가 그렇다. 아마 슈퍼모델들의 워킹이 그들의 걸음걸이를 모방한 것이 아닐까, 하는 의문이 든다. 서양에서 '뜯어 맞춘 동물'이라고 비아냥거림이 된 것도 아마 이런 아이러니 때문 아니겠는가? 신체의 부조화(不調和) 속에 감춰진 신비가 매력인지는 모르겠지만, 동물원 우리 속에 갇힌 놈은 분명 시대를 잘못 타고난 비운의 족속이다. 시선을 먼 데로 던져놓고 초월자처럼 우두커니 서 있는 모습은 선사시대에나 존재했을 신체적 구조를 지녔다. 목을 길게 빼서 하늘을 우러르며 잃어버린 고향을 꿈꾸는 이방의 족속. 변화하는 현실에 적응하지 못하는 내 꼴도 그처럼 추억만 좇고 있는 족속은 아닌지. 진셍이* 같은 눈빛에는 그가 떠나온 광활한 초원의 정서가 고여 있다. 나는 그의 긴 속눈썹 속에 담긴 서정시를 읽고 또 읽어간다, 하루해가 저물도록. 그를 바라보고 있노라면 내 안의 버석거림과 결핍이 조금은 촉촉하게 젖어온다. 놈은 되새김질하는 반추동물이다, 되새김질하는 놈은 경계할 필요가 있다. 언제 뒤통수를 칠지. 되씹기를 즐기는 족속은 어쩐지 철학자를 닮은 듯해서……

---

* '바보'를 이르는 강원도 방언.

천상의 방

요즘, 밤잠을 설치고 있다. '인간은
어떠한 존재인가?'란 명제에 끌려서. 해답은 얻지 못하고 가슴
에 녹슨 철근 뭉치 하나를 더 얹은 느낌이다. 유전학과 생물학
관련 서적을 뒤지며 생명체의 본질이 대체 무엇으로부터 시작
되는가를 새삼 공부하는 계기가 되었다.

금세기 들어, 정신분석학계의 석학 자크 라캉(Jacques Lacan
1901~1981)은 인간에 대한 정의를 이렇게 내렸다. "인간은 유
전자, 환경, 문화를 소산으로 한 복합체로서, 그 존재의 가치를
갖는다."라고 했다. 인간은 일차적으로 남녀 배우자의 유전자
소산이다. 생물학적, 정신적 속성까지도 두루 갖춘 이 유전자
는 완벽한 개체이다. 이 유전자가 맨 처음 안착하는 곳이 어머

니의 자궁이다. 그래서 어떤 이는 어머니의 자궁을 작은 우주 라고까지 했다. 완벽한 생물학적 조건을 갖춘 소우주. 지금 그 소우주의 텃밭이 흔들리고 있다. 생태계의 완벽한 공간인 그 곳이. 그 천연의 환경이 교란되어 유전인자가 본질을 잃고 망 측한 변이(變異)가 일어나고 있다. 기형아 출산율이 급격히 높 아지고 있는 원인이 여기에 있다. 제1차적 환경 상태인 어머니 의 자궁마저 안심하지 못할 공간으로 유린당하고 있기 때문이 다. 남녀가 합궁(合宮)하여 한 생명체가 생성되는 과정은 티끌 한 알만큼의 오염이나 부정도 용납되지 않는 완벽한 공간이어 야 한다. 허나, 지금 이 신성해야 할 공간이 약물 또는 환경 호 르몬으로 심각한 앓이를 하고 있다. 나는 어머니의 자궁을 '천 상의 방이다'라고 강의(남자고등학교 성교육에서)한 적이 있 다. 예전에는 어머니의 자궁 속은 신의 영역이라고까지 믿어왔 다. 금세기 전반까지만 해도 생명의 탄생을 삼신할머니가 주관 한다고 여겼기에 산모는 산달이 되면 미역을 사다 걸어놓고 매 일 그 할머니께 빌었다, 건강한 아이가 태어나게 해달라고. 한 생명이 자궁 밖으로 나오는 순간부터를 운명으로 보아 사주팔 자가 점지된다고 믿었기 때문이다.

이제까지 몇억 년 동안 인간의 유전자는 천상의 방을 통해 신성한 자체로 종(種)을 이어왔다. 그런데 그 신성한 유전자 에 유해성 약물, 환경 호르몬 등이 엉겨서 교란을 일으키고 본질을 잃게 만든다면 어떻게 될까? 인간의 속성을 지녔지만 조류의 몸집을 한 사람, 아니면 몸체는 사람인데 정신적 속성은 마·소인 생명체, 조류의 몸집도 인간의 신체도 아닌 생명체가 단지 인간의 속성만을 지니고 태어났다고 가정해보자. 그 혼란을 어떻게 감당할 것인가? 인간의 문화는 고도를 달리는데 신체의 조건 때문에 인간이 땅을 기어다니는 하등동물의 삶을 살아야 할지도 모를 일이 아닌가. 이래서 소우주라 일컫는 어머니 자궁부터 지켜져야만 라캉이 말한 문화까지를 받아들인 복합체의 존재로 인간다운 삶을 영위하지 않겠는가.

위에서 말한 라캉의 인간에 대한 정의에서는 유전자 다음으로 환경이라 했는데, 이는 사회적 환경 즉 '맹모삼천지교'와 같은 교육 환경을 말했을 것이다. 하지만 내가 보는 사회적 환경은 교육 또는 자아 성숙으로 얼마든지 극복될 수 있는 일이지만, 자궁 속의 생물학적 환경 피해는 돌이킬 수 없는 후유증을 갖게 될 것이다.

여러 날 나의 밤잠을 설치게 했던 충격은 송이를 만난 날부터 시작되었다. 며칠 전 세상은 온통 들떠 있었다, 새로운 천년을 맞는 흥분의 도가니로. 새해가 시작되는 새날, 우리 가족은 시립아동병원에서 송이를 만났다.

송이의 왼손가락은 정상이었다. 제법 손가락 힘도 세어서 침대 보호걸이를 붙잡고 일어서기도 한다. 하지만 왼손가락 말고는 어디 한 군데 정상인 곳이 없다. 처음엔 섬뜩하여 송이의 얼굴을 바라볼 수가 없었다. 두 눈은 눈동자가 없다. 처음부터 생성되지 않은 것 같다. 푹 꺼진 구멍만 양쪽으로 닫혀 눈물인 듯한 액체가 비죽이 고여 있다. 세상에 태어나서 빛 한 번 보지 못했다. 하지만 그는 어둠 속에서도 잘 웃는다. 그리고 더듬거리며 일어나 앉는 연습을 무던히 해낸다. 송이의 입술은 코밑까지 두 가닥으로 찢어져서 잇몸이 다 드러나 보이는 언청이다. 그래서 음식물을 입으로 먹지 못하고 고무튜브를 통해 위까지 주입시켜준다. 오른쪽 발바닥은 두 쪽으로 갈라져서 소나 말의 발굽 모양이고, 왼쪽 발바닥은 세 쪽으로 갈라져서 조류의 발가락과 흡사하다. 뿐만 아니라 머리카락은 일정한 간격으로 촘촘히 난 게 아니고 돌연변이 방사형으로 종잡을 수 없이 듬성듬성 나 있다. 피부 역시도 알 수 없는 질환으로 마른 비늘이 일어나 버석거린다. 하지만 송이는 명랑하다. 그 방에서 유일하게 웃음소리를 내는 아이다. 수없이 넘어져도 좀처럼 울지 않는다. 그 방에서는 제일 건강한 편이다. 송이의 방에는 30여 명의 중증장애아들이 장기간 입원해 있다. 그 방 식구들은 태어나서 한 번도 제힘으로 고개를 들고 발을 땅에 디뎌보지 못한 아이들도 있다.

온종일 약에 취해 잠을 자거나 하루 종일 경기를 해서 사지가 제멋대로 뒤틀린 아이, 항문이 없는 아이도 있다. 머리통만 커져 쌀 한 말 무게의 머리를 들어보지도 못하는 경애는 올해 나이가 열다섯 살이지만 몸체는 겨우 대여섯 살 어린애의 신체다. 그 방의 아이들은 생후 9개월에서 25세까지의 성년들도 있지만 몸체는 어린애들처럼 작다.

우리 가족은 자원봉사자라는 이름으로 그들과 만난다. 푸른색 가운을 입고 들어가 그들의 시트와 흠씬 젖은 기저귀를 갈아주고 욕창이 생기지 않도록 누운 자세를 바꿔주는 일, 얼굴을 닦아주고 목욕을 시키는 일을 하다 보면, 저녁때는 팔을 들 수 없을 정도로 어깨가 무겁다. 하지만 어깨가 무거운 이유가 육체적 피로뿐이겠는가. 어디서부터 잘못되어 장애를 갖고 태어나는지, 답답한 가슴에 피로가 겹쳐온다.

송이 엄마는 미혼모였다. 아직 아린(牙鱗) 속에 싸인 10대 소녀였다. 남녀의 합궁으로 생명체가 잉태되는 과정도 잘 모르는 상태에서 임신을 하게 되었다. 뒤늦게 임신 사실을 알고, 덜컥 겁이 난 철부지 엄마는 뱃속 아이를 지우려고 독한 약을 마구 먹어댔다. 그리고 결과는 송이가 태어난 것이다. 그녀는 부모의 책임 의식이랄 것도 없이 핏덩이만 던져놓고 학교로 돌아가 버렸다. 이곳 아이들은 대부분 기형아이거나 태어날 때부터 중증장애를 갖고 태어난 선천성 장애아들이다. 그들은 퇴원을 해도 돌아갈 집이 없는 아이들이 대부분이다. 그들 부모 역시 무심히 떠났다. 10대 미혼모이거나 매춘을 직업으로 한 여성들의 경우, 기형아 출산율이 매우 높다고 한다. 봉사 활동을 하면서 '생명 문제'에 특별히 관심을 갖는 내게 병원 관계자는 심각성을 토로하며 체험기를 써보라고 권했다.

밤잠을 설쳐가며 관련 서적을 뒤져 문제를 파악했어도, 해답은 멀기만 하다. 생물학적 환경과 사회적 환경 어느 쪽이 먼저라고 말할 수는 없겠지만, 우리에게 시급한 것은 생명체가 잉태되는 공간을 지키는 일이다. 라캉이 말하는 '건전한 사회적 환경과 문화'가 바탕이 되어야 어머니의 자궁이 온전히 지켜지고 제2, 제3의 송이가 태어나는 것을 막을 수 있다. 건강한 성체(成體)에서 건강한 종(種)이 이어지고, '하늘이 정한 신성한 방'이 오롯이 지켜져야, 인간이 인간다움으로 존재할 수 있는 세상이지 않겠는가. 이는 빠름의 세계로 탈바꿈하면서 우리 스스로 불러들인 재앙들이다. 자연의 순리, 생명의 존엄성으로 회귀하는 길만이 건강한 종을 이어갈 세상이다.

되재공소를 찾아서

　　　　　　　　언젠가는 가야지, 그 마을 그들에게, 보속을 하러 가야지.

　내 마음속엔 늘 풀지 못한 짐보따리 하나가 매달려 있었다. 젊은 시절에는 용기가 나지 않아서 못 찾아갔고, 나이 들수록 보따리의 무게는 더하여져서 나의 등짝을 내리누를 때가 있다. 해가 바뀔 때마다 금년에는 꼭 찾아가서 풀어야지 했건만 또 한 해를 넘기고 말았다. 그래서 올해는 연일 제쳐두고 새날이 밝으면, 먼저 그곳을 찾아가 해묵은 숙제를 정리하고, 용서를 빌기로 했다. 지도상에도 표시되어 있지 않은 오지마을. 전라북도 완주군 어디쯤에 있을 되재란 마을이다. '원승치'라고 나와 있는 그곳이 혹시나 내가 찾던 곳이 아닐까? 하는 기대감으로 출발했다.

기묘년(己卯年, 1999년) 첫날, 하늘이 청명했다. 한 해 동안 운이 좋을 것 같은 예감으로 아침 해가 눈부시도록 쾌청하게 떠올랐다. 20세기 마지막 해를 보내면서 헛헛한 마음을 달래려고 그러는지 여느 해보다 많은 사람들이 해돋이를 보러 동해안으로 몰려간 탓에, 서해안고속도로는 여유를 부리며 달릴 수 있었다. 언젠가 한국 교회사에서 우리나라 천주교 성지를 찾아보다가 그곳을 발견하게 되었다. 분명 그곳은 지도상으로 보면 내 고향 마을에서 일곱 개의 재를 넘어 첩첩산중으로 들어갔던 되재라는 마을과 위치가 같았다. 그런데 성지로 보라색 표시가 되어 있다. 그곳이 성지라니? 의심을 품고 고개를 갸우뚱하다가 그래, 그럴지도 몰라. 그 동네 처녀들의 이름이 마리아, 세실리아, 안나, 그렇게들 불렀었지. 그땐 별 생각 없이 서양 사람들도 아니면서 별명을 왜 그렇게 부를까? 하고 의심을 가졌던 기억이…….

내 고향은 닷새마다 장이 섰는데 이틀과 이렛날이 양촌(인내) 장날이었다. 그 지방에서는 규모가 꽤나 크게 섰던 장이었다. 농촌 인구가 많을 때는 면 소재지가 그들먹할 정도로 장꾼들이 모여들었다. 장날 이른 아침이면 어김없이 한 무리의 사람들이 등에 보따리를 짊어지고, 머리에 이고, 금성재를 내려와 우리 마을 신작로 앞으로 걸어갔다. "되재 놈들 벌써 장에 가네." 하며 동네 노인들은 그들을 업신여기는 말을 뱉었고 깔

보는 눈빛이었다. 지금 생각해보니 그들은 숨어서 살던 천주학쟁이들의 자손이었고, 우리 동네는 전통적으로 유교 사상이 깊었던 마을이었으므로 두 마을 간에는 종교적 차이가 컸던 것이다.

새벽닭이 울고 동이 트면, 그들은 벌써 짐을 챙겨 꾸러미마다 이고 지고 장을 나섰다. 장정들이 앞장을 서서 일곱 개의 재를 넘어 마지막 재인 금성재를 내려오면 해가 막 뜰 무렵이었다고 한다. 그들의 등에 옹이가 박힐 정도로 지고 왔던 물건들은 이전에는 숯과 옹기였을 것이고 내가 어릴 적에는 고사리, 산초기름, 곶감, 지치뿌리 그리고 산삼과 같은 약재와 깊은 산골에서만 나는 희귀한 버섯들이었다. 그들은 그것을 내서 성냥과 석유, 고무신, 비누, 아이들 옷, 그리고 대장간에서 잘 벼려진 낫과 호미 쟁기 쇠스랑 등을 사가지고 정오가 지나면 다시 한 떼거리로 몰려 금성재를 넘어가곤 했다. 그들 중에는 상투를 튼 노인도 있었고, 간혹 짚신을 신은 이들도 있었다. 지금으로부터 30년 전인 1970년대 초만 해도 그들은 그렇게 살았다. 행정구역상 우리 동네는 충청도에 속했고, 그들이 사는 '되재'라는 곳은 전라북도에 속한 땅이었다. 험난한 금성재의 능선과 채독백이 고개가 천주학쟁이들이 숨어 살기에는 안성맞춤이었던 것이다. 그들을 외부로부터 보호했던 튼튼한 성곽 역할을 했을 것이다.

그들의 조상은 조선시대 교회 박해가 심할 때 목숨을 부지하기 위해서 내포 지방의 천주학쟁이들이 식솔을 거느리고 그곳으로 숨어들었던 사람들이다. 화전을 일구고 옹기를 구우며 목숨보다 소중했던 신앙을 지키며 대대로 살아왔다. 모두가 형제라고 불렀고, 자매라고 부르며 친동기간처럼 우애 있게 살았었다. 주일이면 성당에 모여 미사를 드리고 하느님 말씀을 실천하며 나눔의 생활을 덕목으로 살아왔던 선한 사람들이었다. 이미 신분제도를 넘어선 개화된 공동체였던 것이다.

금강의 푸른 물줄기가 계속 우리를 따라온다. 부여 능산리 왕릉을 차창으로 비키며 논산에 들어서니 익숙한 냄새가 물씬 풍긴다. 동네마다 푸른 대밭이 여전히 무성하다. 이제 정골재만 넘으면 전라북도 땅이다. 또 나의 등짝이 무지근하게 아파 왔다.

그렇게 착한 사람들이 살고 있던 땅에, 어느 날 한 무리의 날도둑들이 나타났다. 조로서도(鳥路鼠道)처럼 좁디좁은 다랑논에 벼 이삭이 누렇게 익어갈 무렵이었다. 논두렁 언저리에 있던 감나무에는 빨간 감이 탐스럽게 달려 있었다. 사방을 둘러보아도 인가는 한 채도 없고, 사람 그림자도 없었다. 한 떼거리의 도둑들은 감나무에 올라가 마구 가지를 흔들어댔다. 후두둑후두둑 감은 논바닥으로 떨어졌고 도둑들은 다 익은 벼 이삭을 쑥대밭이 될 정도로 짓밟으며 감을 자루에 담았다. 한참을 정신없이 주워 담고 자루를 챙겨 일어서려고 하니, 웬 노인 한 분이 우뚝 서서 우리를 지켜보고 있었다. 말 그대로 도둑질을 하다 들켰으니 얼마나 놀랐겠는가? 혼비백산하여 감은 팽개치고 빈손으로 달아났는데 산을 탈 줄 모르던 초보들만 잡히고 선수들은 이미 도망쳐버렸다. 잘못했다고 손이 발이 되도록 빌었지만 노인은 기어코 우리들을 한 줄로 세웠다. 그러면서 그동안 도둑맞았던 몇 년 치 감 값을 모두 우리에게 물리겠다고 서슬 퍼렇게 으름장을 놓았다. 너희들 부모에게 끌고 가서 단단히 감 값을 챙기겠다고 호통을 쳤다. 나는 아무것도 모른 채 동네 언니들이 산감을 따러 간다기에 따라 나섰었는데. 그러면 언니들은 그동안 산에 널려 있는 산감을 따온 게 아니라 이렇게 주인 있는 감을 따왔었단 말인가? 그때 내 나이가 열네 살이었으니 언니들은 아마도 열다섯 열여섯 살의 앳된 처녀들이었을 것이다. 이대로 동네 앞으로 끌려가면 망신살은 그만두고라도 시집도 못 갈 것이라며 울며불며 애원했지만 완강한 노인에게는 소용없었다. 나는 어머니에게 혼날 것을 생각하니 눈앞이 캄캄했다. 아마 이번에도 어머니는 그냥 넘어가지 않고 또 생사를 걸 것이다. '애비 없이 키운 자식 소리 듣지 말라고 그렇게 당부했건만 도둑질을 해서 제 어미 얼굴에 똥칠을 해?' 하고 펄펄 뛰실 것이다. 그리고 식음을 전폐하고 몇 날 며칠을 누울 것이다. 저번에 오빠가 사고를 쳤을 때도 그랬으니까. 어떻게 해서라도 그 상황만큼은 벗어나고 싶었다. 그때 노인이 먼저 말문을 열었다. "누군가 가서 도망친 아이들을 붙잡아 오너라." 아,

그때 내 양심 한 조각이 섬광처럼 파사삭 소리를 내며 부서졌
다. 내가 가서 잡아 오겠다고 자원을 했다. 속마음엔 이미 다른
꿍꿍이속이었으면서……. 나보다 더 초보인 도둑들을 볼모로
잡혀놓고 나는 유유히 빠져나왔다. 그리고 숲속에서 해가 지기
를 기다리며 시간만 축내고 있었다. 성질 급한 노인이 마냥 기
다리고 있을 리가 없겠지. 기어코 도둑들을 앞세우고 노인이
금성재를 넘어 마을로 내려왔다.

　짧은 가을 해는 이미 산 너머로 기울고, 산 그림자만 길게 누
워 있었다. 그날 우리 동네는 온통 벌집처럼 뒤집혔다. 딸들의
죗값을 치르느라 어른들은 술을 받고 닭을 잡아 노인에게 사
죄를 청했다. 그 이후로도 노인은 장날마다 감 값을 물어내라
고 고래고래 고함을 쳤고 그때마다 동네 어른들은 술값을 단단
히 지불했다. 어른들은 이제 그들을 '되재 놈들'이라고 업신여
기던 말을 거두었다. 마을 사람 전체가 죄인이 된 것이다. 열네
살 감수성 예민했던 시기에 양심을 팔았던 나는 가슴에 못이
박혔고 너무나 완고했던 어머니가 두고두고 원망스러웠다. 한
동안 친구들로부터 따돌림을 당해 외톨이가 되었음에도 말을
하지 못했다. 그래서 나는 내 아들에게는 이렇게 훈육한다. "부
모에 대한 두려움 때문에 혹여 양심을 파는 일은 없도록 하여
라. 네 소신껏 행동하고 책임도 네가 져라." 하고 그때의 가슴
앓이 했던 심정을 들려준다.

전라북도 완주군 꼽티재를 넘어서 경천저수지를 돌아 수없이 묻고 물어 그곳에 도착했을 때는, 이미 땅거미가 지고 있었다. 첩첩으로 둘러싸인 산중에 바소쿠리 속에 담겨진 듯한 작은 마을이 있었다. 군불 때는 연기가 모락모락 피어오르고 외지인의 침입을 알리는 개 짖는 소리가 마을의 정적을 깨뜨렸다. 우리는 먼저 성당을 찾았고, 성당의 역사에서 다시금 놀랐다. 이 오지 마을에 이미 백 년도 전에 성당이 세워졌다. 서울의 약현(중림동)성당 다음으로 세워진 한강 이남의 지방에 세워진 첫 본당이었다.

천주교의 박해가 풀리고 신교 자유의 여명기 때는 지방 전교의 중심지가 되기도 했다. 공소 회장님을 찾아뵙고 하룻밤 묵어 갈 것을 청했다. 허기가 몹시 졌다. 어둡기 전에 도착하려고 끼니도 거르며 길을 서둘렀던 것이다. 공소 회장님은 마침 그 가족에게 경사스러운 일이 있어서 큰댁에 형제들이 모여 있으니, 거기로 가자고 우리를 이끌었다. 서울에서 사윗감이 될 청년이 선을 뵈러 온 날이었기에, 특별한 음식이 준비되어 있단다. 전주 지방의 맛깔스런 저녁상을 받고 우리는 감탄했다. 깊은 산속에서만 난다는 잉얼버섯 요리를 처음으로 맛보았던 것이다. 집에서 쑨 청포묵과 봄동 겉절이는 입안에서 살살 녹았다. "저희도 어렸을 적에 이런 음식을 맛보았어요" 했더니 많이 먹으라고 자꾸만 더 내오신다. 그리고 되재성당의 특산품인 집에서 빚은 곡주(동동주) 맛은 참으로 꿀맛이었다(예수님 시대에 가나의 혼인잔치에서 나누었던 그 술맛과 버금갔으리라).

공소 회장님 삼형제는 그 마을에서 옹기종기 우애 있게 살고 있었다. 인정이 묻어나는 사람들이 살고 있는 참살이 공동체가 아직도 보존되어 있는 곳.

그날 밤엔 마침 되재공소에 성체조배가 있는 날이었다. 교우들이 한 시간씩 정해놓고 밤새껏 예수님과 독대를 갖는 시간이었다. 따뜻하게 달구어진 온돌방에서 우리도 공소 예절을 올렸다. 그리고 나이 많은 교우에게 나의 과거사를 고해성사 보듯 털어놓았다. 그 다랑논 어르신께 용서를 빌고자 찾아왔다고 하였다. 밤안골에서 첫 번째 다랑논 주인이셨던 분. 그분은 이미 10여 년 전에 세상을 뜨셨고, 그의 자손들도 이태 전에 모두 이곳을 떠났다고 했다. 외아들을 신학교에 보내고 나서……. 나는 착잡한 심정에 쉬이 잠이 오지 않았다.

간밤에 싸락눈이 살짝 내렸다. 이른 아침 창가에 대고 '서울 양반들 늦잠 자지 말아요' 하고 지저귀는 새소리에 잠이 깼다. 창문을 여니, 산까치가 인사를 했다. 부드러운 에메랄드빛 신사, 날렵한 몸매의 산까치는 요즘엔 좀처럼 보기 드문 조류다. 이국의 신부님들이 잠들어 있는 무덤가에서 한 떼의 산까치들이 놀고 있었다. 여기 잠들어 계신 라푸르카드 신부님, 조스 신부님 그분들은 예수님의 사랑을 이역만리 동방의 나라에 전하러 왔다가 핍박받던 우리 선조 교우들을 보시고 방패가 되어주셨던 분들이다. 일찍이 이 마을 사람들과 이 땅을 사랑하여 여기 묻히기를 원했단다. 그들의 무덤 앞에서 우리 가족은 절을 올리고, 긴 묵념에 들었다. "신부님들! 심심하지 않으시죠? 평화의 신사인 산까치들이 이렇게 놀러 오니까요."

이른 아침에 나는 그 다랑논이 있다는 밤안골로 올라갔다. 싸락눈을 사륵사륵 밟으면서. 여전히 밤안골엔 인가 한 채가 없었다. 다랑논은 묵정밭이 되어 뭉개져버렸고 논둑에는 두 그루의 감나무만 빈 가지를 흔들고 서 있었다. 이젠 주인 없는 돌감나무가 되어버렸다. 자꾸만 헛헛하여 감나무 주위를 맴도는 나에게, 가족들은 빨리 내려가자고 재촉했으나 나는 감나무 꼭대기에 앉았던 까치 한 마리를 보고 마치 노인의 모습인 양 자꾸만 고개를 숙여 인사를 했다.

환청이었을까? 아니면 내 감정에 취한 것이었을까? 바람결에 들려오는 까치 소리는 '피 흘리신 순교자들의 넋을 돌아보고 참배하여라. 그것이 내가 너에게 주는 보속이다'라고 들리는 듯했다. 바소쿠리 안에 담겨진 듯한 보은의 땅. 되재공소를 내려와 우리 가족은 다음 답사지인 해미성지로 향했다.

유림(柳林) 속을 걷다

유림(柳林) 속을 거닐고 싶다. 실실이 늘어진 수양버들 사이로 실개천이 흐르고, 그 속에서 노니는 쉬리의 지느러미처럼 느리고 유연하게 몸을 풀며 걷고 싶다. 그래서 부드러움 자체인 버드나무 숲에 들었다.

나는 행동이 빠릿빠릿하지 못하고 사고력 또한 느린 사람이다. 아날로그 시대에도 시류를 따라가지 못하고 뒤처졌던 진생이 중의 상진생이다. 태생 자체가 느리게 타고난 사람인지라 디지털 시대로 돌입되며 세상에 대한 겁부터 났다. 빠름의 공포에 갇힌 나를 구제하려고 요즘은 느림의 미학에 빠져 버드나무 예찬론을 편다.

버드나무는 생명력이 강한 나무다. 독성을 지니지 않았으면서도 지구상에서 약 1억 년을 버텨온 수종이다. 봄날, 흰 솜털 안에 종자를 감추고 어디든 날아가서 습기가 있는 곳이면 뿌리를 내려 종자 번식을 시작한다. 가지에도 비상시를 대비해서 뿌리의 원초(原初)를 품고 있다가 바로 꽂든 거꾸로 꽂든 땅에만 꽂으면 뿌리를 내려서 자리를 잡는다. 이렇게 강한 번식력 탓인지 지구 곳곳에는 버드나무가 존재한다.

버드나무 숲을 유림(柳林)이라고 한다. 한자로 버드나무를 류(柳)라 쓰는데 이시진(李時珍)의 『본초강목(本草綱目)』에는 양류(楊柳)는 모두 버드나무 종류를 뜻하지만 그중 가지가 위로 뻗은 종(種)은 양(楊)이고 가지가 아래로 흐르는 것은 류(柳)라고 한다고 되어 있다. 아마도 이는 가지가 물 흐르듯 아래로 늘어졌다는 뜻으로 흐를 류(流)자의 음을 차용한 것이 아닌가 싶기도 하다. 하지만 나는 나름대로 달리 해석해보고 싶다. 류(柳)자는 나무 목(木)에 토끼 묘(卯)가 어우러져 형성된 글자다. 나무 옆에 토끼가 양 귀를 늘어뜨리고 앉아 있으니 얼마나 편안한 환경이냐. 여기에서 연유된 부드러움과 여유로움이 상징이 되지 않았을까? 때로, 여유롭다는 것은 느림의 미학으로 느껴지기도 한다.

버드나무는 바람의 청(請)을 들어, 그 소원대로 움직여준다 해서, 인간의 소망을 들어준다는 상징으로도 알려져 있다. 그래서 양류관음(楊柳觀音)은 오른손에 버드나무의 가지를 쥐고 왼손은 왼쪽의 젖가슴에 대고, 바위 위에 앉아 있는 보살상이다. 그는 중생의 병고(病苦)를 덜어주는 일을 맡고 있다고 한다. 이 관세음보살이 버드나무 가지를 들고 있다는 것은 소원을 들어주겠다는 상징이라고도 한다.

옛 시문(詩文)에 복숭아나무(桃花)나 버드나무처럼 많이 읊어진 나무도 드물 것이다. 중국 진나라 때의 시인 도연명(陶淵明)은 진나라가 망하려 할 때 고향에 은거하며 집 앞에 다섯 그루의 버드나무를 심고, 스스로 호(號)를 오류선생(五柳先生)이라 짓고 버드나무가 지닌 부드러운 자태를 보며 풍류를 즐기며 살았다고 한다. 정조 임금도 화성에 수원성을 쌓고 그 북문 밖에 소나무와 버드나무를 심어 기렸다고 한다. 참고 기다림의 여유를 아는 넉넉한 사람됨을 말하는 뜻일 게다.

옛사람들이 즐겨 불렀던 「유산가(遊山歌)」 중에 봄버들을 노래한 대목을 불러보자.

유상앵비(柳上鶯飛)는 편편금(片片金)이요.
화간접무(花間蝶舞)는 분분설(紛紛雪)이라.
삼춘가절(三春佳節)이 좋을씨고.
도화만발(桃花滿發) 점점홍(點點紅)이로구나.
어주축수 애삼춘(漁舟逐水愛三春)이어든
무릉도원(武陵桃源)이 예 아니냐.
양류세지 사사록(楊柳細枝絲絲綠)하니

황산곡리 당춘절(黃山谷裏當春節)에

연명 오류(淵明五柳)가 예 아니냐.

버드나무 위로 꾀꼬리 나는 모양 금 조각같이 아름답고,

꽃 사이 나비춤은 눈송이처럼 나폴거리는구나.

아름다운 이 봄철이 참으로 좋다.

복사꽃이 만발해서 여기저기 붉었구나.

고기잡이배를 타고 물을 따라가며 봄을 즐긴다던

무릉도원이 여기가 아니겠느냐?

버들의 가는 가지는 실처럼 늘어져 푸르니,

황산 골짜기 안에서 봄철을 맞이함에

도연명의 오류촌이 여기 아니겠느냐?

　12잡가 중 하나인 이「유산가」는 상춘을 나갔다가 천렵을 하면서 부른 노래일 것이다. 이 대목은 절정에 달한 봄을 노래했다. 이처럼 버들은 풍류의 소재로도 으뜸이었다. 버드나무를 보면 선비의 풍모를 닮은 듯하다. 유연한 자태가 도량(度量) 넓은 선비의 모습 같고 넉넉한 그늘은 그의 덕(德)의 그림자 같기도 하다. 가늘고 긴 가지는 늘 바람의 청(請)을 들어주어 움직여주지만 아무리 강한 바람에도 가지가 꺾이는 예는 없다. 붓의 힘은 부드럽지만 선비의 의연함은 어떤 힘에도 굽히지 않는 것처럼 외유내강(外柔內剛)의 멋을 지닌 선비 같은 나무다.

이즈음의 계절이었나 보다. 절기로 한식을 지내고 나면 아버지는 시제(時祭)를 모시러 지방으로 다녔다. 먼 일가들이 집성촌을 이루며 살고 있던 대전, 천안, 금산까지의 먼 길도 조상을 모시는 일이라면 마다하지 않으셨다. 아버지는 평상시 외출 때는 옥양목 두루마기를 입고 다녔지만 시제를 모시러 갈 때면 도포를 입고 가셨다. 결 고운 명주로 어머니가 손수 지어드린 도포 자락을 바람에 휘날리며 도랫말 모퉁이의 유림(柳林) 속을 걸어오실 때의 그 모습이 아직도 눈에 선하다. 늙은 당숙과 백부들을 앞세우고 걸어오던 모습이. 봄날 버들가지와 어우러졌던 유씨 남자들의 도포자락은 한 폭의 그림이었다. 버드나무는 선비를 닮았고, 버들 류(柳) 자를 성씨(姓氏)로 한 아버지의 성품은 버드나무를 닮았었다. 그런 아버지는 세상을 일찍 떠나셨다. 어린 자녀들의 가슴에 그리움만 남긴 채. 부녀간에 못다한 사랑을 대신하여, 나는 아버지를 닮은 버드나무를 좋아하며 살아간다. 수양버들가지처럼 유연하고 여유 있는 삶을 살라고 나의 조상은 나에게 버들 류(柳) 자를 뿌리로 주셨나 보다.

버드나무처럼 누군가에게 시원한 바람 한 줄기를 줄 수 있다면, 그리고 상대가 여유로움을 느낄 수 있도록 그늘 한켠을 내어줄 수 있다면, 나, 그렇게 한 그루 버드나무처럼 매양 흔들리며 살아가고 싶다. 내가 찾았던 베이징 시내에도 베를린 강가에도 버드나무 가지는 한결같이 부드럽게 흔들거리고 있었다.

문향(文香)

삶에 있어, 최고의 복은 '시절인연'
을 잘 만나는 것이다.

본디 선생의 역할이란 게 그 사람 속에 심겨진 씨앗 천품(天
稟)을 알아내는 것이고, 그래서 그것을 톡톡 건드려 싹을 틔우
게 하고 바람을 불러일으켜 시절에 맞춰 꽃을 피우게 하는 역
할이다. 이번에 만난 갈곡리 다문화가족 여성분들은 정서와 풍
습이 비슷한 중국 일본 몽골 베트남 필리핀 등 동아시아 문화
권에 속한 이웃나라 젊은이들이었기에 쉽게 친해질 수 있었다.

예상과는 달리 처음에 만났을 땐 좀 난감했다. 한국말이 유
창한 사람이 있는가 하면, 몇 마디의 소통도 안 되는 갓 시집
온 새댁도 있었다. 나이 차이도 났고 살아온 바탕도 기후도 다

른 곳에서 살아왔던 이들에게 내가 과연 소설 쓰기를 가르칠 수 있을까? 걱정이 태산 같았다. 저분들 가슴속에 들어 있는 정체성과 상처를 어떻게 알아내서 어떤 방식으로든 건드려줄 수 있을까? 또 어떻게 접근해야 가장 빨리 인간적으로 통할 수 있을까? 고민이 적지 않았다. 하지만, 무식하면 용감하다고 했던가, 아주 케케묵은 방식을 차용해보기로 했다.

동서고금을 막론하고 여자의 으뜸 덕목은 직물을 짜는 기술이었다. 베틀 앞에 앉아 그 방식을 전수해주는 것이 어머니가 딸에게 물려주는 가장 중요한 공부였다. 집집마다 고유한 무늬를 넣어 가문이나 부족의 표시를 넣었던 패턴, 그래서 직물 짜기에서는 '견본'이란 것이 사용되었다. 씨실과 날실 매는 것을 직접 보고 배우며 어떻게 교직해야 그 무늬가 나오는지 샘플을 보고 흉내 내는 것이다. 옷감 짜는 것을 텍스타일(textile)이라고 하고 오늘날 텍스트(text)란 단어도 사실 거기서 나왔다. 그래서 나는 내가 쓴 엽편 자전소설 다섯 편을 들고 텍스트로 삼기로 했다. 10대 이전의 유년기부터 시작해서 청소년기를 거쳐 성인이 되는 과정을 연령대별로 다룬 다섯 작품을 읽어가면서 공부하기로 했다. 첫 작품을 읽었을 때는 반응이 아주 캄캄했다. 무슨 얘긴지 모르겠다고 고개를 설레설레 흔들어주기만 했어도 숫제 나았으련만, 그냥 멍한 표정이었다. 한데, 한 문장 한 문장의 뜻을 풀어서 설명을 해주니까, 고개를 끄덕

였고 드디어 질문이 터졌다. 어떤 작품을 읽었을 때는 다들 눈가가 촉촉이 젖었고 공감의 눈빛과 함께 측은지심을 보이기도 했다. 눈물을 흘릴 정도였다는 것은 이야기에 푹 빠져들었다는 증거다. 공감이 되었으면 흉내를 낼 수 있다는 가능성을 보인 것이다. 그래서 제3강 때부터는 숙제를 냈다. 석 줄 넉 줄의 짧은 분량이라도 좋으니 한 편씩 써 오라고 했고 그 글을 소리 내어 읽도록 시켰다. 비록 떠듬떠듬 읽어갔지만 본인이 쓴 글을 읽다가 목이 메어 멈출 때가 있었다. 또 눈물이 흘러내려 더 이상 진행을 못 하면 옆의 동료가 슬며시 티슈를 건네주는 모습도 보였다. 그렇게 울고불고 하며 15강이 다 끝나고 후일담을 나눌 때 여러 가지 이야기가 나왔지만 두 분의 얘기가 제일 내 가슴에 와닿았다. 일본에서 오신 분의 말을 빌리자면, "말을 할 때는 유창하지 못한 발음 때문에 상대편이 편견을 갖고 대할 수도 있지만 문자로 표현하는 글은 그런 선입견이 없으니, 자신감이 생겼다."고 했다. 또 하나는 "문학 공부를 하기 전과 하고 난 후에 달라진 점이 있는데 이제는 아이에게 동화책을 읽어줄 때도 이 문장이 어떻게 해서 쓰였을까를, 먼저 생각하게 되었습니다."라는, 하얼빈이 고향인 분의 고백이었다.

갈곡리 다문화가족 캠프는 그동안 지역에 계신 봉사자들 덕분에 튼튼한 토대가 마련되었고 나는 잠시 문학 선생으로서 씨 한 줌을 뿌려주고 지나가는 사람이었다. 향을 쌌던 종이에서

향내가 나듯이 문학작품을 직접 써보았던 그들의 삶에서도 계속 문향(文香)이 묻어나기를 바라는 마음이다.

파에야, 재회의 약속

초가을이었다. 씨네큐브에서 영화를 보고 나오는데 굵은 빗방울이 떨어졌다. 우산도 없었고, 베니토 잠브라노(Benito Zambrano) 감독의 〈하바나 블루스〉를 보며 질질 짰던 탓에 눈알이 뻑뻑했다.

나에게 쿠바 영화는 '떠나는 사람들'의 옴니버스로 각인되었다 해도 과언이 아니다. 수년 전 쿠바를 여행하려고 그곳 영화를 여러 편 본 적이 있었다. 하나같이 떠나는 사람들의 애환을 그린 내용이었다. 나는 여행할 곳이 정해지면 그 나라의 영화를 몇 편 보는 습관이 있다. 영화만큼 현지 실상과 문화 정보를 잘 전해주는 것도 없다. 〈하바나 블루스〉는 어려운 경제 현실 때문에 유럽이나 미국으로 떠나려 하고, 또 그럴 수밖에 없는, 쿠바 젊은이의 누추하고 견딜 수 없는 삶을 그린 영화다. 나의 시선은 주인공보다는 조연 카리다드에게 맞춰졌다. 무명 뮤지션의 아내인 그녀는 희망 없는 삶을 견뎌낼 힘이 없었다. 그래서 이혼을 결심한다. 가장으로서 생활력을 상실한 채 음악에만 빠져 사는 남편을 떠나기로 한 카리다드는 두 아이를 데리고 밀항을 기도한다.

떠나기 전날, 그녀는 친구들과 송별 파티를 벌이며 커다란 팬에 넉넉히 준비한 음식을 각자의 접시에 담아주고 작별 키스를 한다. 그들은 부둥켜안고 뺨을 비비며 서로 눈물을 닦아준다. 그리고 음식을 나눠 먹고, 후텁지근하고 끈적끈적한 카리브해의 바람을 맞으며 밤늦도록 춤추며 노래한다. 희망 없는 도시의 젊은 몸짓들……. 그때 그들이 나눠 먹은 음식이 바로 파에야였다.

내가 파에야를 처음 만난 것은 9년 전쯤이었다. 공무원 신분으로 3년간 프랑스로 유학을 떠났다가 돌아온 친구 부부가 제대로 된 와인 맛을 보여주겠다며 가까운 친구들을 집으로 초대했다. 지금 생각해보면, 금보다 더 비싸다는 사프란까지 사들고 귀국한 친구는 작심하고 파에야 요리를 선보이려고 했던 것 같다. 사프란은 건조시키면 실처럼 가늘어지는데, 1그램을 얻으려면 160개의 구근에서 나온 500개 꽃송이의 암술을 말려야 한다고 한다. 그래서 1파운드의 사프란을 만드는 데 필요한 5만~7만 5천 개의 꽃을 일일이 사람의 손으로 따야 하기에 가

격도 농축액 15그램에 20만 원이 훌쩍 넘는다. 사프란은 지금도 세계에서 가장 비싼 향신료이다.

두텁고 커다란 프라이팬에 미리 손질해둔 홍합 대하 오징어 닭가슴살 등을 넣고 볶았다. 그리고 불린 쌀과 완두콩을 올리브유에 천천히 볶으며 사프란 액체를 조금씩 뿌려갔다. 쌀이 반투명하게 익어갈 즈음 동그랗게 모양을 만들고 볶아놓았던 해물 등의 재료와 파프리카 썬 것을 고명처럼 예쁘게 얹은 다음 뚜껑을 덮고 뜸을 들였다. 나는 파에야란 음식을 처음 맛봤고 당연히 프랑스 요리로 알고 먹었다. 친구는 그 소문난 귀부와인 샤토 디켐(Château d'Yquem) 한 병을 꺼내놓았다. 안개와 바람 땡볕의 조홧속으로 빚어졌다는 '신의 물방울'. 그 오묘하고 충격적이었던 맛이 내 미뢰(味蕾)에 오래도록 기억될 것이다. 그동안 외국 생활로 목말랐던 친구의 수다는 밤이 깊어가는 줄 몰랐고 봄밤은 빠르게 새벽으로 달렸다. 나는 팬에 눌어붙은 파에야 누룽지를 긁어 아작아작 씹다가 반쯤 덮인 눈꺼풀이 무거워 고개를 자꾸만 떨구었다. 누룽지에 깔려 있던 그 농축된 맛을 첫 만남에서부터 제대로 본 셈이었다.

파에야는 스페인을 대표하는 전통 요리다. 더 정확히 말하자면 발렌시아 지방의 토속음식이라고 한다. '파에야'라는 이름은 발렌시아 방언으로 밑이 넓적한 넓은 냄비를 가리키는 말에서 유래되었다는 설이 있지만, 그보다는 신에게 봉헌하는 제물을 담는 쟁반을 의미하는 라틴어 Patella에서 유래되었다는 설이 더 설득력 있는 것 같다. 이를 뒷받침하듯 프랑스나 이탈리아의 해안 지역에도 비슷한 이름의 음식이 존재한다고 한다.

파에야의 주된 재료는 지중해 연안의 풍부한 해산물과 비옥한 땅에서 생산되는 쌀이다. 맛의 최고 비결은 언제나 그 지방의 싱싱한 산물과 물이 90%를 차지한다고 하지 않던가. 파에야는 스페인 문화의 파급에 따라 중남미뿐만 아니라 세계 곳곳에 퍼져 있다. 우리나라에서는 고급 요리 축에 들지만, 유럽이나 스페인계 다른 나라에서는 서민이 즐겨먹는 소박한 음식이다. 사프란으로 노랗게 색을 내고 양파와 마늘 등 향신료를 넣어 화려해 보이지만, 맛은 자극적이지도 않고 우리 입맛에 그리 낯설지도 않다. 그저 해물이나 육류를 넣고 올리브유로 만든 볶음밥 정도로 생각하면 될 것이다. 나는 파에야의 진짜 맛을 보려면 반드시 누룽지를 먹어보라고 권하고 싶다. 재료의 진국이 누룽지에 배어들어 씹을수록 고소하고 뒷맛이 향긋하다.

나는 맛을 좇아 길을 떠날 정도의 미식가는 아니다. 하지만 생소한 다른 나라의 음식 맛을 보는 기회가 생기면 어디든 따라 나설 만큼 좋아한다. 그런데 며칠 전, 길을 걷다가 보도블록 위에 떨어진 은행 알을 보고 문득 파에야가 떠올랐다. 광화문에서 영화를 보고 빗속을 종종걸음 칠 때 우연히 길가에 떨어져 으깨진 은행을 보았는데 그게 꼭 파에야 밥알처럼 느껴졌었다. 계절을 앞서간 도심의 가로수에서 떨어진 열매는 알맹이가 작디작았다. 방금 보았던 영화의 화면에서 빠르게 지나간 음식과 은행 사이의 뜬금없는 연상 작용에 고개를 갸우뚱하다가 "아! 같은 계열의 노란색!" 하고 풋! 웃어버렸다. 그러면서 아쉬웠던 기억 하나가 떠올랐다.

지난봄, 내가 다니는 성당에서 다른 곳으로 떠나시는 수녀님 한 분이 계셨다. 가르멜 수도회에 속한 그분은 한국을 떠나 7년 동안 외유 생활을 하시기로 되어 있었다. 스페인과 로마의 공동체를 오가는 소임을 맡으신 것이다. 국제수도회에 소속된 분들은 언제든 명령이 떨어지면 가방 하나만 달랑 들고 소임지로 달려가야 하는 것이 공동체의 의무라고 한다. 수녀님 역시 두말없이 떠날 준비를 하셨다. 그분과 인연이 맺어진 것은 스페인어 공부 때문이었다. 셀 수 없을 만큼 동사 변화(무려 160개까지 변화)가 많은 문법 때문에 골치를 앓던 시절, 우리 수강생들은 스페인 영화 DVD라도 새로 구하면 서로 빨리 보여주고 싶어 안달했고, 알모도바르(Pedro Almodovar) 감독의 〈그녀에게〉 같은 영화를 함께 보며 눈물을 짰던 동지였다.

내 딴에는 다시 만날 기약도 없이 멀리 떠나는 수녀님을 위해 인상적인 송별식을 하고 싶었다. 그때 문득 떠오른 생각이 바로 송별 회식으로 파에야를 함께 먹자는 것이었다. 사실, 그동안 우리는 수업 시간에 회화 연습의 주제로 파에야를 자주 들먹였지만, 실제로 먹어본 적은 없었다. 그렇게 선택한 음식점이 바로 중남미문화원에 있는 식당이었다. 그런데 가는 날이 장날이라고, 그날은 주말이어서 파에야를 하지 않았다. 알고 보니 그곳에서는 식사하기 전에 반드시 예약을 해야 했고, 더구나 파에야는 주중에만 제공하는 메뉴였다. 머쓱해진 나를 보고 수녀님이 말씀하셨다.

"스페인에 가면 이제 파에야는 물리도록 먹을 텐데, 이곳 경치도 좋으니, 에콰도르의 맛난 커피나 마시고 갑시다!"

수녀님께 송구스러웠지만, 송별회식은 그렇게 불발로 끝났다. 그리고 그분이 떠나고 나서 벌써 계절이 두 번 바뀌었다.

나는 그곳 식당에 두 번 앉아보았다. 한 번은 5월이었고 두번째는 올가을이었다. 음식은 맛도 중요하지만 어떤 장소에서 누구와 무슨 사연으로 먹었느냐가 더 기억에 남을 때가 있다. 그곳은 두말할 것 없이 풍광이 선명하게 남는 곳이다. 경기도 고양시에 있는 야트막한 향교 뒷산 자락이 병풍처럼 둘러쳐진 곳에 박물관이 자리했고 그 안에 딸린 식당이다. 중남미문화권의 고대문명 올메카 문화를 비롯해서 마야와 아즈테크 그리고 잉카의 유물들을 볼 수 있는 곳이다. 기원전 2, 3세기의 토기 유물들과 중세를 지나 스페인 문화의 영향을 받은 근대 민예품까지 천천히 둘러보고 미니 이층으로 올라서면 고급스런 은세공품과 함께 잘 정돈된 몇 개의 테이블이 자리하고 있다. 식사 준비 세팅이 되어 있지 않다면 이곳 역시도 박물관의 연속된 컬렉션이라고 느낄 정도로 품격 있는 공예품으로 분위기를 냈다. 식탁에 앉으면 정면 통유리를 통해 들어오는 홍학(flamingo) 무도회장을 바라보며 식사를 할 수 있다는 게 이 식당의 특징이다. 아니, 홍학들은 고정된 조각품이니 무대배경만 사계절에 따라 생생(生生) 연출되는 공원이라고 해야겠다. 멕시코 민속공예품인 철로 만든 플라밍고가 무리지어 몰려다니는 것처럼 생동감이 느껴지는 작품이다. 식사하는 나를 위해 홍학들의 군무가 한마당 펼쳐진다고 생각하면 행복한 식사 시간이 될 것이다. 거기에 신록의 잎새들이 살랑살랑 손을 흔들거나 알밤과 상수리가 투두둑 떨어지며 생음악 효과까지 내준다면 더욱 입맛이 살아날 것이다. 찬바람 쌩쌩 부는 날, 하얗게 눈을 쓴 홍학들의 고고한 자태를 바라보며 차를 마신다면 저절로 사색에 잠기게 될 것이고…… 참고로 이 중남미문화원은 그곳 나라들에서 오랫동안 외교관 생활을 했던 분이 은퇴하고 부인과 함께 운영을 하고 있다. 남편의 참사관 시절부터 외교관 부인들에게 직접 요리법을 배웠다고 한다. 나는 처음에 벙거지를 깊게 눌러 쓰고 리어카를 끌고 다니며 구석구석 청소하는 노친네가 있기에 누군가 했더니 그분이 바로 멕시코 대사였던 이곳 주인장이셨다.

이곳에서 파에야를 주문하면 풀코스 식사가 나온다. 애피타이저로 야채 샐러드 한 접시, 화이트와인 한 잔, 스테이크 한 점을 곁들인 해물 파에야, 초절임한 야채 한 보시기, 그리고 후식으로 커피가 나온다. 시간을 느긋하게 즐길 수 있다면 식사 후에 조각공원을 한 바퀴 둘러보는 것 또한 빠질 수 없는 호사다. 또 옆 건물 미술관에서는 철따라 중남미문화권의 현대 예술가들의 작품이 주제별로 전시되며 봄과 가을날엔 특별 공연까지 펼쳐진다고 한다.

스페인의 속설에 함께 파에야를 먹은 사람은 반드시 다시 만나 두 번째 파에야를 함께 먹게 된다고 한다. 그런 점에서 파에야는 끈질긴 인연의 음식이다. 영화 〈하바나 블루스〉에서 카리다드는 이별 전야를 친구들과 함께 나누는 파에야로 마무리했다. 설령 그녀가 파에야의 숨은 재회의 마력을 모르고 있었다 하더라도 운명은 그녀를 언젠가 그리운 친구들의 품으로 돌려보내줄 것이다. 비록 나는 수녀님과 송별의 파에야를 함께 나누지는 못했지만, 스페인어 수업 시간에 가상의 파에야를 수도 없이 나누었으니, 우리 두 사람의 운명도 언젠가 재회의 기쁨을 허락하리라 믿는다.

지금은 스페인에 계신 K 수녀님, 다시 만날 때까지 건강하시길. Gracias!

4

책과 영화의 뒷담화

유랑의 성자, 니코스 카잔자키스

　　그는 10월에 세상을 떠났다. 하지만 묘비에 새겨진 이 절창(絶唱) 하나로 세계인들 가슴속에 영원히 자유인으로 숨 쉬고 있는 거인이다, "나는 아무것도 바라지 않는다. 나는 무엇도 두렵지 않다. 나는 자유다." 올가을은 『그리스인 조르바』의 작가 니코스 카잔자키스가 세상을 떠난 지 예순 해가 되는 계절이다. 육십갑자의 세월이 흘렀는데 그의 영혼은 지금 어디쯤에 있을까? 오매불망 짊어지고 다니던 조국 그리스는 이제 좀 내려놓으셨는가? 자유란 놈을 찾긴 했을까? 부디, 하늘나라에선 무량한 안식 누리시길…….

　　지구촌 130여 개국에 지부를 거느린 국제 문학단체 '카잔자키스 친구들'의 본부는 스위스 제네바에 있다. 니코스 카잔자키스를 친구로 둔 마니아들의 조직을 운용하는 비영리 공동체다. 이 단체에서 그의 서거 60주년을 맞아 특별 학술행사를 연다. 오는 12월 1일 베이징대학 국제문화센터가 주관을 하고 세계의 친구들이 그곳에 모여 선생을 기리며 '카잔자키스학(學)'을 펼친다. 이날, '한국 카잔자키스 친구들'도 베이징으로 날아가 함께할 예정이다. 현재 명예회장을 맡고 있는 유재원 교수가 좌장으로 기조 세션 발표를 맡고 심아진 소설가도 「제임스 조이스와 카잔자키스의 비교」 논문 발제를 할 것이다.

나는 니코스를 일컬어 20세기 '유랑의 성자'라고 칭한다. 왜냐하면 그는 척박한 환경의 크레타섬에서 태어났지만 세계를 무대로 순례길에 나선 사람이기 때문이다. 그리고 세계사적 격동기였던 제1, 2차 세계대전을 온몸으로 관통하며 살아온 증인이기도 하다. 대전이 끝난 후에도 그의 노회(老獪)한 눈길은 쉬지 않고 예언자적 영기(靈氣)를 지닌 정열을 집필에 쏟아부었다. 그는 끊임없이 인간과 신(神)의 경계에 관해 의문을 품었고 세계 곳곳의 굴곡진 종교 역사 현장을 답사하고 신랄하게 비판했으며 죽는 날까지도 그 호기심의 끈을 놓지 않았다. 역마살 낀 그의 삶을 따라가 보면, 인생이란 순례길이며 숨결 닿는 곳이 성전이었고 숨 멈춘 곳이 생(生)의 완성 지점이었다. 75세 나이에도 불구하고 여행을 떠나 길에서 병을 얻었고 그해 10월 26일 독일 프라이부르크대학 병원에서 숨을 거뒀다. 그해 여름 아시아를 방문하던 중 광저우에서 예방접종을 했던 것이 화근이 되었다. 백혈병을 앓았던 그의 몸에 아시아독감이 급습했던 것이다.

그의 서거 60주년을 돌아보며, 나는 다시 두 권의 책을 꺼냈다. 한국의 애독자들이 제일 좋아한다는 『그리스인 조르바』와 내가 가장 감명 깊게 읽었던 책 『전쟁과 신부』(원제는 '형제 살해자들(Οι Αδερφοφάδες))'이다. '인간 본질과 종교에 대한 탐구'가 그의 소설적 주제였다. 니코스의 소설은 언제나 이 주제를 벗어나지 못했다, '인간의 본질은 무엇이며, 종교란 인간의 삶에 어떤 도움을 주는가?'란 물음을……. 『그리스인 조르바』 역시도 그 연장선상의 소설이다. 세파에 휘둘리며 생(生)의 진리〔自由〕를 찾아가는 과정을 그렸고, 극과 극의 기질 차이를 보이는 작중인물을 내세워 인간 내면에 자리한 속물근성과 지성의 가면 뒤에 숨은 비겁함과 옹졸함을 적나라하게 보여주려는 것. 그들이 시대적 난항(難航)을 헤쳐 나가는 방식과 타고난 기질을 벗어나지 못함을 보여주는 것. 젊은 날 자유의지 하나로 펄펄 날던 한 인간의 생(生)의 끝자락에서 그의 소회를 들어보는 것도 니코스다운 소설 쓰기 방식이었다(알렉시스 조르바는 생(生)의 마지막 순간에 창밖을 내다보며 큰소리치다가 창틀을 붙들고 죽었다).

소설을 읽다 보면 저절로 방점이 찍히는 부분이 있다. 이 작품 클라이맥스에 해당하는, 크레타섬에서 케이블 장치가 무너지는 장면이었다. 바로 그 장면을 보고서야, 작가의 의도를 눈치챌 수 있었다. 인간의 잔머리로 최적의 기울기를 계산하여 세운 기계장치가 첫 가동 실험에서 참패당하는 꼴이다. 인생에서도 그렇다. 잘해보려고 치밀하게 계획을 세웠건만 무방비 상태로 당할 수밖에 없는 허탕이 있음을 암시하는 대목이었다. 약삭빠른 몸짓으로 세상을 떠돌며 물정을 익혀온 조르바의 경험치나 책상머리에서 얻은 버질의 알량한 지식이 깡그리 무너지는 순간이었다. 기울기의 변곡점(變曲點)을 잘못 짚어 가차 없이 떠밀리는 불안전의 정점을 보여준 것이다. 힘의 균형에 빗대어 '삶의 기술'을 말하려 함이었을 것이다. 니코스는 예순이 다 된 나이에 이 작품을 썼다. 그런 만큼 인생에 달관하였고 '삶의 지혜'를 꿰뚫었을 나이였다. 작가의 노회한 시선으로 인간 안에 내재한 코나투스(conatus), 그 조절 방식을 슬쩍 문학적으로 던져놓았던 것이다.

그리스의 근현대사는 우리나라 역사와 닮은 꼴이다. 우리가 겪은 6 · 25처럼 그들도 형제끼리 물어뜯고 도륙했던 동족상쟁(1949)을 치렀다. 『전쟁과 신부』 장편은 이 내전의 실화를 그린 소설이다. 공산주의 물결이 전 세계를 휩쓸던 당시 정치적 이념에 휘말려 반대편을 악마로 몰아세웠던 광기의 시대를 다룬 소설이다. 소설 전반부에서 탐욕스런 수도사의 재물을 빼앗아 가난한 이들에게 나눠주던 야나로스 신부의 행위는 사회주의 메시아가 도래한 것처럼 희망적으로 보인다. 민중 위에 군림하는 신이 아니라 민중과 어깨를 나란히 하는 메시아. 반란군과 정부군이 좌우파 노선으로 갈려 살육하는 전장 한가운데에 사제인 야나로스가 서 있다. 사제는 '민족의 화합'을 위해 양쪽 진영을 오가며 설득 작전을 펴지만 결국은 반란군 지도자이자 그의 아들인 드라코스 대장과 최후 담판을 하게 된다. 아들의 명령으로 빨치산 대원이 쏜 총탄에 피를 흘리며, 야나로스가 쓰러진다. 작가는 이 장면을 통해 레닌에게 도취되었던 공산주의에 대한 희망을 포기한다.

나는 이 소설을 읽는 내내 가슴이 따끔거렸다. 동병상련의 환지통(幻肢痛) 같은 것이었다. 그리스 내전보다 훨씬 더 참혹했던 동족상잔을 겪은 우리나라에서는 왜 세계적 걸작이 나오지 않는 걸까. 어쩌면 그것은 종식된 전쟁과 아직 끝나지 않은 전쟁의 차이일 것이다. 그러고 보면 카잔자키스는 행복한 작가였다. 피의 내전이 종식되고 '통일된 민족'을 바라보며 사상 검증까지 끝낸 상태에서 이 소설을 쓸 수 있었으니까. 우리는 아직 멀었다. 아물지 않은 분단 70년의 상처, 그 시퍼렇던 이념도 열정도 이젠 다 낡고 녹슬어 늪지대에 빠져버렸다. 남북의 어느 작가에게든 진절머리 나는 이 대치 상태는 깊이 병들어가고 있는 시간일 뿐이다.

　끝으로, '한국 카잔자키스 친구들' 모임을 소개하고 싶다. 이 모임은 2008년 봄, 어느 잡담 자리에서 결성되었다. 아테네대학 박사 출신인 유재원 교수를 비롯하여 몇몇 작가, 교수, 그리고 애독자가 모여 창립 대회를 가졌고 해마다 이야기 잔치란 이름으로 100여 명의 마니아들이 모여 10년 동안 학술 행사를 이어왔다. 올해는 그의 '서거 60주년 특별 학술대회'가 열리는 베이징 행사로 대체하고 내년 9월에 유재원 교수가 원전에서 완역한『그리스인 조르바』를 들고 풍성한 이야기 잔치를 열 것이다.

소설은 회의주의자의 문학

무술년(戊戌年) 벽두에 무게감 만땅인 소설을 읽었다. 우한용의 중편집『사랑의 고고학』이었다. 책을 펼쳐 들자, 첫 장 '작가의 말'에 대뜸 이런 말이 나왔다. "작품 하나를 끝낼 때마다 나는 회의주의가 된다."라고. 그러면서 "이게 정말 가치 있는 작업인가?" 하는 질문을 던진다. "회의와 좌절로 아파하는 나에게"란 제목까지 떡 붙여서 말이다.

아, 어쩌란 말인가? 그렇잖아도 중편은 내게 착 달라붙는 장르가 아닌데. 나는 어쩐지 중편소설 앞에만 서면 기가 죽고 마는 체질이다. 중편소설은 아무나 쓸 수 있는 게 아니다. 저력 있고 끈기 있는 사람만이 도전할 수 있는 장르란 말이다. 단편과 장편 사이에서 압축미와 서사의 역동성 전체성을 조금씩 덜어낸 중간 분량의 중편소설(中篇小說)이 아니라 무거울 '중(重)' 자를 붙여 '중편소설(重篇小說)'로, 내게는 강한 주제의식과 무게감으로 먼저 다가오는 분야란 말이다. 그런고로 나는 중편소설집 독후감을 처음으로 써보는 바이다.

『사랑의 고고학』은 네 편의 중편소설과 '작가의 소설론'까지 수록된 특이한 작품집이었다. 한데, 네 편 다 각자도생 격이어서 한 궤적으로 꿸 수가 없었다. 하지만 인간에게 깃든 물길을 찾아가는 작가의 시선만큼은 또렷하게 한길을 냈다. 우한용은 「거문도(巨文島) 뱃노래」에서 이렇게 말한다. "인간이 깃들지 않는 섬은 애초에 소설의 영역이 아니었다."라고. 등장인물 한 사람 한 사람에게 그가 감당해야 할 운명의 등짐을 지고 기꺼이 걸어가게 하는 내포작가의 저력을 엿볼 수 있는 작품이다. 인간은 누구나 용가리통뼈 없다. 낙타의 삶을 저버릴 수 없음을 완곡하게 보여준 인간적인 드라마다. 그는 때로 허술한 틈을 보이는 것이 인생이라고 눙치려다가도 '삶의 기술'을 통달한 선각자로서 서늘한 눈길을 거두지 못한다. 웅숭깊은 눈길로 인간의 내면을 들여다보는 작가의 심미안(審美眼)이 곳곳에서 느껴졌다. 읽는 독자도 오금이 저릴 정도로 사람을 향한 눈길이 깊었다.

「왕성으로 가는 길」과 「거문도 뱃노래」는 다행히 내가 좋아하는 역사소설이었다. 그래서 술술 읽혔다. 「왕성으로 가는 길」
은 백제의 미륵사지 발굴 현장에서 나온 사리 봉안기의 문자
해독을 통해 역사적 사건과 인물들을 치밀하게 엮어 기존의
'선화공주 설화'를 뒤집는 내용이었다. 「거문도 뱃노래」 역시
도 거문리(고도)에 있는 영국군 묘지 하나가 모티브가 되었다.
19세기 말 조선을 둘러싼 서구 열강들의 침략 쟁탈과 천주교가
전파되는 과정이 액자소설 형식을 취해 그려졌다. 기존 역사
기록을 벗어나 자유롭게 상상의 날개를 펼쳐가는 메타픽션 격
이었다.

나는 마지막 「세 갈래의 길」 편에서 눈물샘이 터지고 말았다.
찢어지게 가난한 집 장남으로서 천안 촌뜨기가 서울로 입학시
험을 보러 왔다. 상경 첫날밤 연탄가스를 마신 수험생이 시험
장에서 메스꺼움으로 부대끼는 사건부터 소설이 시작되었다.
서울대학에 합격해놓고도 입학금을 마련하지 못해 발을 동동
구르던 절박함. 그 시점부터 나는 가슴이 쓸리기 시작했다. 삼
인칭 화자를 내세워 이야기를 끌고 가지만 작가 본인의 얘기라
고 해도 변명할 수 없는 자전적 성장소설임이 드러나 보였다.
소설가라면 누구든 '자전'이란 말 앞에서는 겁을 내는 게 그들
의 속성이다. 심연 아래 깊게 덮인 상처와 치부를 드러내야 하
고 또 내 안에 웅크리고 있는 취약한 존재를 끌어내, 애응지물
(礙膺之物)과 맞닥뜨려야 하는 두려움 때문이다. 그렇지 않고서

는 소설을 제대로 풀어갈 수가 없다. 작가는 자신의 영혼의 실핏줄을 감추려 하고, 눈 밝은 독자는 그것을 찾아내려 한다. 그래서 그 실핏줄에 자신의 상처를 꽂으려 한다. 서로의 실핏줄이 쓸리고 맞물려 마침내 피가 터치고 딱지가 엉겨붙는 것이 문학의 버뮤다 지점 아니겠는가. 나는 '입학금 마련'이란 대목에서 뻥 터지고 말았다. 나도 중학교 입학금을 마련하지 못해 한 해를 꿇었던 적이 있다. 그때의 아픔이 되살아나 눈물 콧물이 터지고 말았던 것이다. 이제는 다 극복되었다고 생각했는데 아직도 앙금이 남아 있었던가.

선생은 정년퇴직을 해도 어쩔 수 없이 선생인가 보다. 후학들을 위해 소설 속에 보물(어휘와 장치)들을 숨겨놓았다. 소설을 읽는 내내 그것을 캐는 재미가 쏠쏠했다. 노학자답게 문헌학과 관련된 어휘 또 사라져가는 토속어 고유어 학문어들을 곳곳에 뿌려놓았다. 님배곰배 질나래비 용화세계 종요롭다 칙살맞은 애란(愛蘭, 아일랜드) 봉투라지 마전한 당목 고의적삼 서발막대 자미화 제첨 접문례(接吻禮) 등 불교 용어와 생경하게 들려오는 사투리 등도 말맛을 살리는 데는 아끼지 않으셨다.

'문학은 상처에서 피어난 꽃'이라고 한다. 깊게 덮였던 상처를 보듬고 어루만져 승화시키는 작업이 문학의 본질 아니겠는가? 우한용의 소설에서는 나와 원숭이와 강아지와 생쥐와 개구리 풍뎅이 목련 모란 망초 돌 바위 등도 다 차원 변경을 하면

우주의 아바타이고 친구며 식구들이었다.

　정초부터 중편 네 편을 내리 읽느라 혼꾸녕 났었지만, 세상을 보는 눈이 한층 깊어진 느낌이라 뿌듯했다.

누군가의 고뇌와 비통으로 태어난 문장들!

'책에 꽂힌 벽치의 세상 보기'란 제목은 내가 미래에 낼 책 이름으로 지어놓은 것이었는데, 여기 또 하나의 동류 벽치(癖痴)가 살고 있음을 발견했다.

나는 『그 사람, 그 무늬들』을 읽는 데 제법 시간을 투자했다. 글쓴이가 참고했던 책들을 따라가며 읽다 보니, 사유의 시간이 꽤나 길었다. 황영경 저자는 이 책에서 "앞서 간 사람들의 삶의 궤적과 사상, 의식들을 책이라는 물리적 집체가 없었다면 어찌 접할 수 있었을까? 그 모든 누군가의 고뇌와 비통으로 태어난 문장들에게 경배를 드릴 수밖에 없노라고" 고백하였다. 그렇다, 나 또한 황영경의 책 이야기를 다 읽고 나니 글쓴이에게 경외감을 표시하지 않을 수 없었다. 예전에 나도 읽었던 책들이 종종 겹쳤건만 나에게서는 그냥 지나간 문장들이 그에게서는 핵심 문장으로 낚여 다시 생생하게 기억을 살렸다. 그가 책 속의 핵심 문장을 건져 올리는 기술뿐만 아니라 가슴까지 따듯함을 지닌 작가인 것을 알 수 있었다. 대학에서 선생 노릇을 하며 졸업생들의 취업 때문에 맘고생이 심한 얘기며 또 학생들 앞에서 '꼰대질'하던 버릇까지도 스스럼없이 털어놓았다. 자기를 일컬어 '문선송(문과 선생이라, 취업을 못 시켜, 죄송합니다)'이라고 자조 섞인 독백을 읊을 땐, 독자의 가슴까지도 따끔따끔 쓰라렸다.

저자가 이 책을 쓰며 참고했던 도서 목록을 대충 챙겨보니, 무려 130여 권이 넘는 책을 팠던 것이다. 책 속에서 예문을 들었던 서목 중 『베를린 지하철역의 백수광부』의 「반추동물의 입냄새」에서의 말마따나 '수많은 검은 문자를 뜯어 먹고 소화해서 때론 되새김질해서' 집필한 흔적이 역력했다. 이 또한 비통으로 태어났을 경배받아 마땅할 문집이었다. 책을 좋아해 책 속에 빠져 세상물정을 모르고 살아가는 사람을 일컬어 벽치나 간서치(看書痴)라고 한다. 책만 파먹고 사는 벌레라는 뜻으로 조선 후기 실학자 이덕무가 스스로를 그렇게 애칭했었다.

세상 어디에서든 길라잡이를 잘 만나면 소기의 목적 달성은 물론 물정(物情)도 배우며 재미있는 인생을 얻을 수 있다. 이 책을 읽는 동안 나는 단테의 『신곡』에서의 안내자 베르길리우스처럼 그가(황 선생) 이끄는 마력의 지팡이에 푹 빠져 세상 곳곳을 섭렵(涉獵)했고, 경골어류의 등가시처럼 쎄고 딱딱했던 얘기를 매만져 말랑말랑하게 살려내는 글솜씨도 엿보았다. 그리고 그동안 벽에 갇혔었다고 생각했던 나의 치명적 시간들에 대해서도 위로를 보낼 수 있는 용기를…….

현대인의 정신적 내상을 그린 소설

　　　　　　　　　지난밤엔 장맛비가 내렸
다. 굳세게 내리는 빗소리를 들으며 꼬박 밤을 새워, 심아진의
장편소설『어쩌면, 진심입니다』를 읽었다. 혹시 나의 내면에
도 '이희락'과 같은 이기적인 DNA가 존재하고 있는 것은 아닐
까? 혹시 내 뇌 속에도 두 마리의 영악한 개가 들어 있어 나의
영혼을 좌지우지하는 것은 아닐까? 잠을 놓쳐버린 주말 새벽
은 침정(沈靜)처럼 깊었고 길었다.

　이 장편의 핵심 내용은 '참나는 누구인가?'의 끈질긴 물음이
었다. 활활 타오르는 욕망의 고삐를 쥔 '이희락'이란 한 정치
적 인물을 통해 속물근성을 뼛속까지 들여다본 '인간 탐구' 소
설이었다. 마치 그의 뇌에 전자칩을 꽂아놓고 정신의 신경세포

까지도 꿰뚫어 보는 투시경 역할을 하듯이 그의 내면세계를 족집게처럼 잡아냈다. 종잡을 수 없이 날뛰는 욕망의 실체는 과연 그의 진심이던가? 그 '진심'의 대변자와 화자의 팽팽한 격론장에 독자를 심판원으로 끌어들여, 책을 놓지 못하도록 붙드는 묘함이 있었다.

한데, 이 소설을 읽는 중에 자꾸만 내 신경을 잡아끄는 사람이 있었다. 18세기를 살다 간 북학파 실학자 담헌(湛軒) 홍대용이란 인물이었다. 그가 썼던 『의산문답(醫山問答)』은 조선의 유생 '허자(虛子)'가 연행(燕行)을 다녀오다 국경 근처에 있는 의산에 들러 '실옹(實翁)'이란 현자를 만나 '진리'에 대하여 대담 형식으로 펼쳤던 소설이다. 실은 이 소설에서 '허자와 실옹'은 작가의 생각(전환기적 시대 변화)을 대변해줄 스피커였던 것이다. 작가 심아진도 소설에서 '이희락'이란 정치적 인물을 내세워 어떤 면에서는 분리된 자아이거나 어쩌면 분리될 수 없는 고질적 내상(內傷)을 앓고 있는 현대인이 욕망의 메커니즘에 휘둘려 끌려가는, 정신적 취약함을 그리려 했던 것은 아닌지? 소설을 다 읽고 난 후 내 머릿속에는, 250여 년 전에, 죽어라 주자학만 팠던 우물 안 개구리였던 허자와 욕망에 끌려 나락으로 떨어지는 현대인 이희락의 모습이 병치되었다. 성리학 사상에 갇혀 있던 담헌이 '변화하는 세상의 조짐'을 읽고 『의산문답』을 통해 변혁의 바람을 일으켰듯이 작가 심아진도 『어쩌면, 진심입니다』를 통해 헛것들에게 휘둘리고 있는 현대인에게, 정신 바짝 차리라는 일침의 메시지를 날린 듯하다. 나는 소설의 결말에서, 아비(이희락)의 허접했던 인생사를 정리하며, 아들의 눈에 차가운 눈물이 맺히는 것을 감지했다. 이 소설에서 화자이며 작가인 아들의 냉철한 시점으로 끝맺음하는 것 또한 깔끔했다. 아비와의 애증 관계를 다루는 대목에서 장편 작가의 뒷심이 느껴졌다.

끝머리에 덧붙여진 문학평론가 전소영의 깔끔하고 예리한 비평문도 좋았다. 나는 마지막 이 해설 문장에 간지(間紙)를 끼워두고 책장을 덮었다. "모든 가치가 낡아지고 흐려지는 시대에도 변하지 않는 하나의 명제가 있다. 진심을 감당하려는 소설의 진심이 아름답지 않을 리 없다."라고 한 문장이었다.

노학자의 깊은 눈길을 따라 겸재와 만나다

사람의 복 중에 '시절 인연'이란 것이 있다. 하지만, 비록 시절은 비껴갔을지라도 장소가 인연이 되어 복으로 돌아오는 경우가 있다. 나는 어쩌다 옛 양천고을이었던, 현재 '겸재미술관'이 있는 강서에 둥지를 틀게 되었고 겸재의 발자취를 동네 곳곳에서 만나게 되었다. 벌써 여러 해 동안 그의 화혼을 엿보다가 생애까지 쫓게 되었고, 나의 관심 인물로 꽂혀 그와 밀애를 나누고 있다.

그런 인연으로 『겸재정선, 붓으로 조선을 그리다』의 저자인 이석우 관장님과도 인연이 꽤 깊어졌다. 왠지 이 책을 읽으면서 겸재와 저자가 많이 닮았다는 생각이 든다. 두 분의 섬세한 감정과 열정이 어딘가 영혼의 실핏줄로 닿아 있다는 느낌이 글곳곳에서 느껴졌다. 겸재는 붓으로 호방한 정신과 대담성을 유감없이 화폭에 담았지만 그의 내면에 섬세하게 깔렸던 콤플렉스를 역사학자인 저자에게 들키고 말았다. 그의 호 겸재(謙齋)에서도 알 수 있듯이 그는 조심스럽고 신중한 몸가짐에 자신의 존재를 최대한 낮추고 낮춰 겸손이란 생명줄로 살아남았던 인물이었다. 일찍이 그가 역학을 꿰뚫었던 자로서 당쟁의 소용돌이 속에서 살아남을 혜안을 얻었던 것이다. 여기서 저자는 미술사가로서의 그림 해석보다 그의 콤플렉스에 연민이 꽂혀 그의 '정신적 속살'에 애정을 갖는다. "누군가의 예술은 콤플렉스의 산물"이라고까지 위무하면서 말이다. 겸재는 경화사족의 사대부가에서 태어났지만 점점 가세가 기울어 과거(科擧)를 거쳐 관직에 오르지 못하고 잡직으로 출사했던 사람이다. 그런 그의 과거가, 평생 벼슬길에서 발목을 잡는 아킬레스건으로 작용한다. 높은 벼슬에 천거되고도 반대파의 탄핵으로 하루아침에 백수로 전락되던 수모와 가슴앓이를 끄집어내 눈물겹도록 애잔하게 어루만져준다. 겸재의 도화서 출신 신분과 무수리 출신의 어머니를 가진 영조 임금의 콤플렉스까지(2장 육상묘, 어머니를 향한 그리움)를 잡아내 한 편의 드라마처럼 유려하고 섬세한 문체로 마치 분신이라도 된 듯 그의 뒤를 치밀하게 쫓았다.

책의 큰 프레임은 겸재 그림 열여섯 폭을 감상하고 해석하는 것으로 짜였는데, 한 사람의 그림을 통해 조선 중후기 당쟁

에 휘말렸던 위정자들의 고뇌까지도 들여다볼 수 있는 기회가
되었다. 그림과 함께 역사적 사건들이 씨줄과 날줄로 정교하게
엮어져 있다. 미술사가로서 그림의 무대가 되었던 장소를 꼼
꼼히 되밟으며 그림과 현재의 현물 사진을 대비하며 진경화법
이 무엇인가를 미술사적으로 속속들이 짚어주었다. 때론 역사
가로서 현장에 서서 느꼈던 감회와 당신의 속내를 슬쩍슬쩍 드
러내 보이기도 하지만 그것은 아주 조심스럽게 당신의 '개인적
사견'이었음을 꼭 밝혀두고 넘어갔다. 이 땅에서 근대화가 꿈
틀거리던 조선 중후기 시대를 이렇게 한 인물의 그림을 통해
통사(通史)적으로 엮어내는 것이야말로 차원이 다른 것이었다.
저자가 역사학자이며 미술사가 또 그림을 그리는 화가로서 출
중한 안목을 갖추지 못했다면 이뤄내지 못했을 지성의 산물이
었다.

　설 연휴가 시작되기 전에 인터넷 서점에 주문을 넣었건만 책
은 아쉽게도 연휴가 끝나고 이틀 후에나 도착했다. 그래서 요
즘 나의 밤이 한층 길어졌다. 밤마다 한 꼭지씩 읽고 조선 진경
을 거닐다 푹 빠져 잠에 든다. 독자로서 좀 깐죽거리고 싶은 기
질이 발동하기도 하지만, 그 가벼운 입술을 닫아버리게 만드는
묘약에 취해서 말이다.

수상쩍은 경계를 맛보다

아직도 머릿속이 뒤숭숭하다. 도무지 종잡을 수 없는, 어떤 마술에 걸렸다가 풀려난 느낌이었다. 처음엔 짧은 단편이라고 가볍게 펼쳐 들었다가 큰코다치는 경험을 했다. 나는 목차대로 「점거당한 집」을 맨 처음 읽었다. 한데, 갑자기 내가 난독(難讀) 증상이 아닌가 하는 의심이 들 정도였다. 단편 한 편을 다 읽었는데도, 도대체 작가가 무슨 말을 하려는 건지 감을 잡을 수가 없었다. 그래서 처음부터 다시 읽기 시작했지만, 그래도 마찬가지였다. 단락도 바꾸지 않고 현실에서 환상(내 느낌대로라면 비현실 세계란 말로 표현해야 할 것 같다) 세계로 펄쩍 뛰어 넘어가는가 하면 의식세계인지 무의식 상태에서 내뱉는 말인지 좀처럼 경계가 모호할뿐더러 줄거리를 한 줄로 꿸 수 없었다. 그야말로 난독에 걸려들었다. 하지만 「드러누운 밤」을 읽으면서부터는 이 증상이 조금 해소되었다. 그리고 마침내 「키클라데스 제도의 우상」을 읽을 때쯤엔 쏠쏠한 재미를 느끼게 되었다. 어쨌든 뒤숭숭하고 모호한 세계에 들어갔다 나온 느낌이 나쁘지는 않았다. 그나마 내가 보르헤스나 마르케스를 먼저 접한 경험이 있었기에, 훌리오 꼬르따사르의 단편들을 겨우겨우 난독을 헤치며 읽을 수 있었을 것이다.

훌리오 꼬르따사르 소설 『드러누운 밤』을 읽을 독자에게 팁 하나 드리자면, 뒤쪽에 실린 '작품 해설 훌리오 꼬르따싸르와 환상문학'에서 인포메이션을 받고, 그리고 「드러누운 밤」을 먼저 읽어 마음속에 완충지대를 형성한 다음 다른 작품을 읽어간다면 이해 속도가 빠를 것이다. 나처럼 난독증을 의심할 정도로 헤매지는 않을 듯……

찬이슬 같은 소설

11월의 밤이슬을 맞으며 걸어본 사람은 그 느낌을 알 것이다.

어깨 위로 시나브로 내려앉은 이슬이 뼛속을 파고드는 살인적 냉기로 변하는 마(魔)의 시간대를! 이하언의 『검은 호수』에 실린 단편들은 11월의 풍경과 닮아 있었다. 무채색 숲으로 쓸쓸하게 다가왔다가, 수조엽락(樹凋葉落)에 든 나무의 실체를 적나라하게 보여주는, 그래서 날카로운 통증을 앓게 하는 소설들……. 여기에 실린 단편들은 모두가 심각하게 상처받은 자들의 내상을 그린 소설이었다. 소설 속 인물들은 저마다 애상에 젖어 제 상처만 붙들고 비칠댈 뿐 남의 가슴에 낸 더 깊은 상처를 들여다볼 엄두를 내지 못한다. 한 발짝도 앞으로 내딛지 못하고 신음만 토해내는 사람들의 얘기를 받아 적은 듯, 아픔이

폐부 깊이 파고든다.

단편 「차가운 손」의 주인공 경애는 출생부터 불공평한 신분이었다. 호적도 얻지 못한 존재였다. 태어나면서 아비로부터 버림받았던 앙갚음을 눈 하나 깜짝하지 않고 되갚아주는 냉혈 인간으로 그려진다. 한데 독자들은 여기서 경애의 행동에 대리만족을 느끼게 된다. 경애의 친어머니는 고아였고, 근본 없는 사람이라고 외면당했으며 딸을 낳았는데도 호적에 올릴 수도 없는 처지였다. 단지 딸을 호적에 올려주는 조건 하나만으로 모든 것을 포기하고 평생을 숨어서 산 여인이었다. 경애는 철이 들면서 그 잘난 생부를 찾아간다. 그리고 반 협박과 담판으로 학비를 뜯어내 의대를 졸업한다. 결국엔 아버지 가정도 파산시키고 만다. 아비는 이제 늙고 병들어 딸과 함께 살기를 원하지만 경애는 한마디로 잘라버린다. "요양원비는 대드리지요, 그만하면 아버지도 손해 본 장사 한 것은 아닐걸요." 경애는 매사에 이렇듯 상처를 저울에 올려놓고 무게를 재고 그 값만큼 대가를 지불하듯 한다. 이들 부녀가 주고받는 설전은 섬뜩하리만치 살기를 띤 독설이 오고간다. '그들은 아직도 서로를 더 할퀴고 물어뜯어야 한다.'

주인공 경애는 제 뱃속의 아이를 지우기 위해 제 손으로 마취주사를 놓고 수술대에 오르는 지독한 여자다. 이토록 끈질기게 불행을 절벽 끝까지 몰아붙이는 작가의 의도가 무엇이었을까? 아마도 작가는 '이 세상에 상처 없는 인간은 없으니, 애달캐달 제 상처에만 매달려 살지 말고 이 인물들을 반면교사로 삼아라, 그리고 맺힌 한을 스스로 풀어라……'라고 무언의 메시지를 던지는 듯하다.

등장인물들의 걸쭉한 입담과 점점 잊혀져가는 관용구와 속담을 찰떡 주무르듯 하여 이야기를 이끌어내는 작가의 내공이 연금술에 가깝다. 이하언 작가는 풍찬노숙을 해본 사람처럼 11월의 찬 이슬이 내리는 마의 시간대를 알고 있는 듯하다. 네 운명을 네가 책임지고 걸어가라, 상처 또한 네가 풀지 않으면 너는 영원히 상처 안의 삶에 갇혀 살 수밖에 없을 것이란, 메타포가 깔린 소설이었다.

참 다행이었다,
놓칠 뻔했던 『위대한 개츠비』

굳은비 내리는 날 『위대한 개츠비』
를 읽었다. 장맛비로 인한 습도와의 전쟁에서 독서만 한 피서
가 없다. 대청마루에 대자리를 펴고 누워 꼼짝 않고 몇 시간 만
에 다 읽어버렸다. 이렇게 단 몇 시간 만에 읽어낼 수 있었던
것은 아마도 문장에서 주는 리듬감 때문이었을 것이다. 건조하
고 경쾌하며 딱딱 끊어지는 단문의 매력 때문이었을 것이다.

미국 소설들이 대부분 그렇듯이, 스콧 피츠제럴드 역시 하드
보일드 문체에 피사체를 포착하는 카메라의 렌즈처럼 사건만
을 묘사하는 방식을 따랐다. 화자의 감정이 배제된 리얼리즘을
극대화한 형식! 이 건조체 문장의 소설이 장맛비에 딱 맞아 떨
어지는 장르였다. 작가의 미묘한 생각이나 숨겨놓은 비밀들을

찾으려 나쁜 머리 굴려가며 탐구할 필요 없이 아주 쉽게 읽히는 소설이었다. 책장을 덮으며 나는 왜 여태까지『위대한 개츠비』를 읽지 않고 문학의 언저리를 맴돌았을까? 곰곰이 생각해 보니, 미국 문학을 그다지 수준급으로 치고 있지 않던 내 안의 고정관념 때문이었다. 하지만 좀 늦게 읽긴 하였어도 스콧 피츠제럴드의 작품을 읽을 수 있었던 게 참 다행이었다. 빗줄기는 점점 굵어지는데 '개츠비'란 한 사내가 저 빗속을 뚫고 마구 걸어간다, 세상 분간 없이······.

'푸른영토' 출판사에서 나온『위대한 개츠비』는 최옥정 작가가 번역한 작품이었다. 이 작가의 문장엔 독특한 점이 있다. 문장을 따라 읽어가다 보면 입속에서 저절로 경쾌한 리듬감이 생겨 자꾸 소리 내고 싶은 충동을 느끼게 된다. 예전에도 그의 다른 작품에서 그런 느낌을 받았던 적이 있었다. 그는 모국어로 소설을 쓸 때도 영어 번역을 염두에 두고 문장을 쓰는 듯했다. 그래서 단문을 선호하면서도 문장의 명료함에 빠져 시간 가는 줄을 모르고 책을 읽게 된다.

『위대한 개츠비』를 읽기 전과 읽고 난 후의 미국 소설에 대한 나의 고정관념이 깨지는 계기가 되었다.

아슬아슬한 감정의 경계를
실핏줄처럼 그려냈다

나는 때로 머릿속이 멍하거나 복잡할 때 광화문에 간다.

아직도 명절 끝 체증(滯症)이 걸려 있는지 속이 더부룩하고 머릿속이 뒤숭숭하다. 이럴 때 나는 쌈빡한 영화 한 편을 보는 것이 치료제 역할을 한다. 그날도 무작정 씨네큐브로 나갔다. 그런데 마땅히 볼 만한 영화가 없었다. 광역버스를 타고 나온 차비도 아깝고 해서 그냥 교보문고로 걸어갔다.

그래, 영화 못지않은 쿨한 연애소설이나 한 편 읽고 가자, 하고 신간 소설 코너를 어슬렁거렸다. 파란색 표지에 까칠한 여자의 상반신 그림이 눈에 들어왔다. 머리칼까지도 까칠하게 날리고 있는 젊은 여자의 캐릭터였다. 보나마나 20대 여성들이 즐겨 읽는 트렌드 소설이겠지? 대충 읽고 명절증후군이나 날려버릴 셈으로 선 채로 속독으로 읽어나갔다. 그런데 그게 아니었다. 프롤로그를 읽고 제1장을 읽어나가는데 주인공 희수라는 여자가 툭툭 내뱉는 말투가 어쩐지 목구멍에 걸렸다. 건조하면서도 풋풋한 말맛이 살아 있었다. 캐릭터의 성격상 모던하고 까칠한 말투였지만 고도의 조탁을 거친 멘트처럼 감칠맛이 났다. 나는 다시 책날개를 펼쳐 작가의 약력을 살폈다. 아뿔사! 마흔다섯 살도 넘은 그 사람, 『식물의 내부』를 쓴 최옥정 작가였다. 몇 해 전 그의 작품을 꼼꼼히 읽었던 기억이 있다. 그때도 그의 섬세한 언술의 그물망에 푹 빠져들었는데…….

결국, 나는 값을 치르고 책을 들고 집으로 향했다. 그렇게 서점 한 귀퉁이에 서서 가볍게 읽을 연애소설이 아니었기 때문이다. 하드보일드 문체의 문장에서 경쾌함과 서늘함을 동시에 느낄 수 있었다. 번역까지도 고려해서 썼다는 느낌이 들 정도로 명료한 문장이었다. 통통 튀는 대화체의 단문들이 저절로 입밖으로 튀어나와 웅알거렸다. 아무튼 이 작가는 탁월한 언어감각을 가진 술사임이 틀림없다고 점찍어두었다. 그러고 보니 작가는 영문학 전공자이다. 소설 곳곳에서 어원의 유래와 전설을 좇는 집요한 시선이 엿보였다. 깔끔하고 노련한 문장이 그런 노력에서 나왔지 싶었다.

인간에게 깃든 어떤 물길을 찾아낼 줄 아는 사람. 등장인물 하나하나에게 그가 감당해야 할 운명의 등짐을 짊어지고 기꺼이 걸어가게 하는 사람. 그것을 웅숭깊은 눈길로 들여다보는 사람. 건강한 삶의 길은 그렇게 묵묵히 걸어가야 한다고 작가는 완곡하게 보여준다. 때로 허술한 틈을 보이다가 어느 틈엔가 눙치고 돌아서는 모습이 삶을 통달한 사람처럼 서늘한 느낌을 준다. 스물대여섯의 그 아슬아슬한 감정의 경계를 실핏줄처럼 그려냈다. 주제와 서사가 통섭(Consilience)의 그물망을 통해 건강하게 걸러진 작품이었다. 오감의 면도날처럼 예리하게 찢고 한 단계 넘어서는 성장소설이다. 날카롭게 베인 통증이 명절 체증보다 오래갈 것 같은 예감이다.

작은 소리지만 울림이 깊다

인도 벵골만의 작은 섬엔 안다만족
이라는 원시부족이 문명을 거부한 채 수렵 생활을 영위하고 있
다. 그들은 세상의 작은 소리에 오관을 열어놓고 살아간다. 새
의 날갯짓으로, 토끼가 뛰어간 방향을 좇아, 바람의 냄새로,
개미의 이동 경로를 따라 자연의 조화를 읽어낸다고 한다. 이
번 대참사(2004년 12월 인도 벵골만 쓰나미) 남아시아의 지진
해일 영향권 내에 들어 있으면서도 인명 피해를 면했다고 한
다. 자연 생물의 전조를 읽고 미리 피신을 했었기에. 이처럼 세
상의 모든 생물은 제 언어로 말을 하지만 언젠가부터 자연과
의 교감이 무디어진 우리는 일방적으로 소통로를 잃어버렸다.
점점 자연의 소리를 들을 수 없는 귀머거리가 되어간다. 하지
만 자연의 미미한 소리를 듣고 우리에게 전하는 이가 있어 반

가움을 금치 못했다. 유영숙의 『세상의 모든 희망들』이란 수필집을 어제부터 읽기 시작했다. 그녀의 얘기는 청각을 곤두세우지 않으면 들리지 않을 정도로 작은 소리를 냈다. 하지만 책장을 덮고 나서 잠시 눈을 감았을 때 가슴에서 퉁 하는 묵직한 울림이 있었다. 허형만 시인의 「영혼의 눈」이란 시를 읽었을 때의 감정이 아마 이러했을 것이다. "이태리 맹인가수의 노래를 듣는다. 눈먼 가수는 소리로, 느티나무 속잎 틔우는 봄비를 보고 미미하게 가라앉는 꽃그늘도 본다. 바람 가는 길을 느리게 따라가거나 푸른 별들이 쉬어가는 샘가에서 생의 긴 그림자를 내려놓기도 한다. 그의 소리는 우주의 흙냄새와 물냄새를 뿜어낸다. ……붉은점모시나비 기린초 꿀을 빨게 한다. 금강소나무 껍질을 더욱 붉게 한다. 아찔하다. 영혼의 눈으로 밝음을 이기는 힘! 저 반짝이는 눈망울 앞에 소리 앞에 나는 도저히 눈을 뜰 수가 없었다."란 이 시를 읽었을 때처럼 내 가슴을 서늘하게 훑고 지나갔다. 오늘 나는 그때와 똑같은 감정에 빠졌다. 내가 듣지 못했던 소리를 그녀는 들었고 내가 보지 못했던 세상의 작은 움직임을 그녀는 속속들이 읽어냈다. 세상의 작은 얘기들을, 살아볼 만한 희망들을 조근조근 짚어가며 낮은 목소리로 들려주었다. 생명을 키워갈 봄비가 소리 없이 땅을 적시듯이……. 어쩌면 그녀는 체질적으로 목소리가 작은 여자일지도 모르겠다. 그녀는 사후의 제 몸까지 기증을 해놓고도 담담하게 말했다. 모든 장기는 각기 필요한 사람에게 나눠주고 마지막

사체(死體)는 의대생들의 해부용으로 기증하겠노라고. 그저 할 일을 순서대로 차근차근 하고 있는 사람처럼, 전혀 특별할 게 없다는 목소리로 들렸다.

그녀가 들려주는 작은 얘기에 내 귀가 쫑긋 섰다. 책장을 다시 들춰 천천히 소리 내어 읽어본다, 「고요한 소록도」를 그리고 「그녀의 차표」를. 나는 이 책에서 하찮은 아욱국 한 그릇으로 생명을 구하는 관계의 힘을 발견했다. 자살하려는 후배가 지상의 손 닿는 사람에게 마지막으로 전화했을 때, 그녀는 무조건 아욱국을 먹으러 오라고 하였다. 명령하듯 쏘아붙였다. 그리고 그녀들이 따뜻한 아욱국을 나눠 먹은 그날 밤, 후배는 용기를 얻어 다시 세상에 뿌리를 박기로 하고 돌아간다. 그동안 나는 너무 엄살을 떨며 세상을 살아왔지 싶다. 혹여! 내 엄살과 퉁탕거림이 세상의 무수한 작은 소리를 덮어버리지는 않았을까? 가슴을 훑고 지나가는 서늘한 기운이 정수리에도 꽂혔다. 책의 힘이 대단함을 느끼는 독서였다.

짭조름하게 간이 밴 중국 보고서

　　　　　　　모처럼 짭조름하게 간이 밴 중국 보
고서를 읽었다. 땀국이 뚝뚝 떨어질 듯한 현장 체험 글이었다.
아날로그의 카메라 렌즈로 잡아낸 보고(寶庫)였다. 인터넷에
떠다니는 자료와는 확연히 구분되는, 저자의 발목으로부터 축
적된 아날로그의 힘이 강하게 느껴지는 리포트였다.

　『중국아, 덤벼라』의 첫 장을 펼쳐들고 그의 이력을 읽어가면
서 나는 글쓴이에 대한 궁금증으로 점점 빠져들기 시작했다.
이 사람은 대체 뭣 하는 사람인가? 적지 않은 나이에 탄탄한 직
장(대기업)을 박차고 나온 용감무쌍함까지는 좋았는데. 생활인
으로서 남의 일 같지만 않아서 잠시 가슴이 철렁하기도 했다.
그의 목줄에 줄줄이 달렸을 식솔들 그림이 스쳐갔기 때문이다.
한때는 나도 내 목에 채워진 고삐(직장)를 벗어나려고 발버둥

쳐보았기에⋯⋯. 사십 중반을 넘어선 가장의 몸은 제 것이라 할지라도 이미 제 맘대로 할 수 없는 또 다른 고삐에 묶여 있는 영어의 몸이다. 중·고등·대학의 막대한 학비(사교육비를 포함)를 지불해야 하는 일등 고객(양보할 수 없는 자리)으로 모셔져 있지 않던가. 어쨌든 내 일이 아니니까 책이나 재미있게 읽자고 마음을 먹었는데도 불구하고 그가 색다른 영역의 보고서를 들고 나올 때마다 가슴이 철렁했다.

중국 대륙을 좌충우돌 몸으로 부딪고 다니는 풋내기 장사꾼인가 하면 능구렁이가 적어도 세 마리쯤은 들어 있는 거간꾼이고 후배 사원에게 인성 교육을 시킬 때 보면 영락없는 공맹의 유자 후손 같기도 했다. 이 책의 저자는 여러모로 연구 대상이 되는 인물임엔 틀림없었다. 기술 분야의 해박한 지식(건설 토목 전기)으로 보아 엔지니어인가 하면 또 노무 관리 전문가이기도 하고 중국 문화사를 전공한 인문학자인지 의심케 하는 대목도 있고 또 중국어 동시통역까지, 그의 오지랖은 평수를 가늠하기 어려울 정도였다. 그중에서도 그가 인간관계를 맺는 과정을 지켜보면서 '바로 이것이야' 이것이 이 사람의 정수이며 뛰게 하는 힘이었어. 인간애로 열려 있는 그의 예민한 감수성을 발견하게 되었다. 그래, 이 정도의 넓은 가슴을 소유한 사내였으니 40대 후반에 감히 대기업 직장(삼성)을 때려치우고 뛰쳐나올 용기를 낼 수 있었겠지.

환경과 체제가 다른 것을 뿌리부터 접근하고 분석하다 보면 이민족들의 문화와 관습까지 때론 고약한 역사까지도 이해하게 되는 것이 인간들의 동네다. 그는 그런 지구촌의 개념을 일찍부터 깨달았던 사람이었다. 그가 특별히 중국 동포 청년들에게 애정을 쏟는 장면들이 책 곳곳에서 발견되었다. 그가 중국에 남기는 발자취는 우리 동포 청년들의 길잡이가 될 것이 분명하다(또 다른 왕사오제와 또 다른 보성이로). 그는 이 한 권의 책에 자기가 입었던 옷을 그대로 벗어놓았다. 그의 땀국으로 문자의 무늬를 그려놓은 것이다. 현장에서 금방 건져 올린 싱싱한 문장력으로. 그래서 짐작하건대 그는 또 어떤 분야로든 튀어나갈 것이 분명하다. 호기심이 발동하여 한곳에서 오래도록 견딜 수 있는 체질이 아닌 것이다. 기왕에 넓은 오지랖을 가진 사람이라면 한 자락을 더 덧대어주고 싶은 생각이 든다. 외교 부문의 일을 맡겨 보면 진짜 실력 발휘를 잘할 것 같은 예감이 든다. 그의 입담에 어느 인종인들 안 넘어가겠는가? 지금 푸른 기와집에 계신 양반(노무현)의 입담처럼 그의 입담 또한 찬란하고 유연하다.

부록까지 다 읽고 책장을 덮으며 나는 문득 이런 생각이 들었다. 황금빛 노을이 쏟아지는 이국의 항구에서 입담 좋은 이 책의 저자와 저녁식사를 하며 그가 흠뻑 빠졌다던 아리산 우롱차를 마시며 사오정(40~50대)에 처한 인생을 논하고 싶어졌다. 차 맛을 알고 음악을 좋아한다는 그를 한번 만나보고 싶은……

베르길리우스의 지팡이

어젯밤 비바람에 후박나무 잎이 모
조리 떨어졌다. 나는 그것도 모르고 밤을 꼬박 새워 『명화로 만
나는 성경』을 읽었다. 노학자가 싸목싸목 끌고 가는 이야기에
푹 빠져 동녘 하늘이 훤히 밝아올 때까지도 책 속에서 빠져나
오지 못했다. 성큼 다가온 추위에 화살나무도 떨고 있는 초겨
울 아침이다.

『명화로 만나는 성경』을 읽다 보면 단테와 베르길리우스의
관계가 떠오른다.

단테는 『신곡』에서 고대 로마 시인 베르길리우스를 지옥과
연옥을 안내하는 인도자로 삼았다. 그는 베르길리우스를 시인
으로서뿐만 아니라 신비주의 예언자로 높이 기렸기 때문이다.

『명화로 만나는 성경』에서도 베르길리우스와 같은 탁월한 안목
과 통찰력을 지닌 인도자를 만날 수 있었다. 이 책의 저자 이석
우 선생은 이미 대학에서 퇴직한 노학자(老學者, 서양미술사가)
였다. 인생의 황혼녘에 선 그가 눈길 깊은 애정으로 한 컷 한
컷 명화를 펼쳐가며 그 속에 깃든 인류의 역사와 성경 속 이야
기를 들려주었다. 역사학자로서 또는 미술평론가로서 깊이 있
는 통찰력으로 종교와 미술사의 경계를 툭 터서 문명사의 한
시점으로 이끌기도 했다. 그림책이라기보다 역사와 종교를 한
통사로 묶어 인류의 발자취를 심미안(審美眼)적으로 들여다볼
수 있도록 시야를 열어주는 책이었다.

흙에서 와서 흙으로 돌아갈 인간의 누추하고 불안전한 삶에
대하여 저자는 애정 어린 목소리로 말한다. 기독교의 성화는
"인간의 가장 근원적인 문제인 죄와 고통과 죽음 그 한계를 다
루고 있으며 빛과 어둠에 대한 선택을 우리에게 직접 제시하고
있다."라고 하였다. 그는 노학자답지 않게 당신의 젊은 날 실수
나 부끄러운 행동에 대해서도 감추지 않았고 말랑말랑한 언어
로 신앙고백과 함께 인생의 허술함을 털어놓았다.

단테의『신곡』천국편에서는 천국을 경험한 존재만이 천국을
안내할 자격이 있다고 믿었다. 그래서 단테의 어린 연인이었던
베아트리체로 인도자를 바꾸었다. 나는 이 책 마지막에서도 혹

시 베아트리체 같은 길잡이가 새로 나타날까 하고 조마조마한 마음으로 기다렸으나 끝내 그런 존재는 나타나지 않았다. 천국 문 앞에 이르기까지의 인간의 시간이 아직 멀고 멀었다는 예고일 것이다. 대신 노학자의 진정 어린 성찰의 목소리가 묵직한 배음으로 들려왔다. '그냥 미몽(迷夢)에 걸려 걸어가는 것이 인생이라고……'

암컷의 속울음

가을비가 추적추적 내리던 토요일이었다. 나는 북악(北岳)을 올려다보고 있었다. 광화문 네거리에서 테이크아웃 커피 한 잔을 손에 들고 비에 젖고 있는 북악을 하염없이 바라보고 있었다. 가슴이 먹먹해서 아니 날카로운 가시가 가슴에 박힌 것 같아서 더 이상 발걸음을 뗄 수가 없었다. 방금 전에 대형서점(교보문고) 회전문을 통과할 때 느꼈던 아찔한 현기증 탓이었을까?

오랜만에 광화문에 나왔고, 나는 대형서점 신간 코너를 어슬렁거렸다. 그러다 표지 그림이 제목을 압도하는 특이한 소설집을 발견했다. 오래된 청동기물에 낀 녹처럼 커다란 푸른 눈을 가진 새 한 마리에 홀려 책장을 열게 되었다. 그리고 책표지 그림을 그린 이를 알게 되었다. 그는 느지막이 그림에 빠진 소설가였다. 어쩐지 메타포가 느껴지는 그림이었다. 나는 그 자리에 서서 단편 몇 편을 후딱 읽어치웠다. 안영실 작가의 첫 창작집 『큰놈이 나타났다』였는데 이 소설집에선 여기저기서 신음이 배어 나왔다. 여성들의 나직한 속울음이 책장 갈피갈피마다 푸른 곰팡이처럼 잠복해 있었다. 저런 고통을 안고도 멀쩡한 척하며 일상을 살아내는 사람이 있구나! 어둠 속에서도 새끼를 키워내야 하는 암컷의 숙명이었던가? 나의 몸 어딘가 가장 예리한 곳을 깊이 찔린 것처럼 예민한 촉수들이 흔들거렸다. 고통스러운 책 읽기였고 출구를 찾을 수 없는 소설이었다. 아직 반소매 차림이었던 나는 이미 식어버린 커피를 마실 수가 없었다, 몸이 마구 흔들려서……. 비에 젖은 광화문 포도(鋪道)엔 노란 은행 알들이 여기저기서 뒹굴고 있었다. 벌써 초가을에 접어드는구나, 그래 나의 가을도 성큼 다가오는구나!

내 옆구리에 끼인 『큰놈이 나타났다』의 소설집이 자꾸 걸음을 재촉했다. 빨리 읽히고 싶다고, 옆구리에서 신호를…….

〈귀래(歸來)〉를 보고

　　　　　　　인간의 기억은 얼마나 견고할까? 그
리고 또 나의 기억은 어떨까⋯⋯.

　어제 광화문 씨네큐브에서 〈5일의 마중〔歸來〕〉이란 영화를
봤다. 중국 문화혁명 때 인생이 부서져버린 한 지식인 부부의
이야기를 다룬 영화였다. 어느 날, 대학교수였던 루옌스(남편)
는 반동분자로 몰려 고비사막으로 쫓겨간다. 평생 공부만 하고
살아온 선비가 육체노동을 견뎌낼 수 있을까? 사막의 밤은 가
히 살인적인 추위였다. 털 없는 수컷들이 살아내기 위해 서로
의 몸을 겹치고 겹쳐 혹한의 밤을 견디어낸다. 남자는 어떻게
해서라도 아내에게 편지를 쓰기 위해 종이와 펜을 구한다. 하
지만 기회가 좀처럼 오지 않는다. 탈출을 시도하여 고향 근처
까지 왔다가 또 끌려가는 불운을 겪게 된다. 그리고 우여곡절

끝에 또다시 탈출하여 자기네 아파트로 잠입했지만 공산당원이 된 친구가 그의 아내를 겁탈하려고 하는 사건을 목격한다. 아내는 결사 반항하다 머리를 다쳤고 그 충격으로 인하여 머리가 돌아버리고 말았다. 그리고 정신이 부서져버렸다. 세월이 흘러 혁명의 시절도 저물녘이 되어 유배 갔던 남편이 돌아오겠다는 편지를 보냈다. 그날이 5일이었다. 그녀는 달력에 동그라미를 치고 눈이 빠지게 기다린다. 안타깝게도 남편의 얼굴을 기억하지 못하는 그녀. 매달 5일만 되면 기차역 광장으로 나가 남편을 기다리는 그녀. 이미 돌아온 남편의 얼굴을 알아보지 못하고……. 사건 이후 '남자'라는 족속은 무조건 집에 들이지 않는 탓에 루옌스는 집으로 들어가지도 못하는 처지가 되었다. 그녀의 부서진 정신 속에서만 존재하는 남편, 오직 그만 기다릴 뿐이다. 눈발이 휘날리는 겨울날, 그날도 여인은 역으로 마중 나갈 채비를 서두른다. 남편 루옌스 이름을 쓴 피켓을 들고. 눈은 펑펑 내리고 리어카에 올라탄 여인은 기차역으로 향한다. 리어카꾼이 되어 자기의 허상을 마중하러 가는 루옌스의 심정이 과연 어떠했을까? 아내 기억 속에 존재하는 남편을 기다리며 두 사람은 역광장에서 하얗게 눈사람이 되어버린다…….

지금까지 장예모(張藝謀) 감독이 만들었던 영화 중 최고 진수라고 할 수 있는 작품이었다. 인간의 오욕칠정을 모두 걷어낸 듯한 공리의 내면 연기 또한 최고점에 닿아 있었다. 이보다 더

뛰어나기를 바랄 수 없을 정도로 섬세한 촉수를 건드리는 심리 상태를 연기해냈다. 물기 한 방울 묻어나지 않을 것 같은 메마른 눈빛에서 혁명을 견딘 사람들의 허무와 비애가 묻어났다. 사무치게 그리운 사람, 반동분자로 몰려 고비사막으로 쫓겨갔던 루옌스를 바로 눈앞에 두고도 알아보지 못하는 '심인성 기억장애'를 앓고 있는 펑완위(공리)의 심리묘사가 이 영화의 절창이었다.

트라우마, 기억 저편을 살고 있는 안타까운 현실, 그리고 그의 가족들의 분절된 삶이 영화를 보고 난 후 얼마의 시간이 흘렀는데도, 내 가슴속 밑바닥에서 지워지지 않고 출렁거렸다.

나는 엔딩 크레디트가 올라가고도 한참 동안 일어서지 못했다. 먹먹한 가슴에 흘러내리는 눈물이 그때까지도 그치지 않아서……. 내 살아가는 동안, 가장 많이 눈물을 쏟으며 본 영화로 기록될 것 같다.

중국 예술가들은 '문화대혁명'을 그렇게 여러 편 우려먹었는데도 불구하고 여전히 진국을 뽑아낼 수 있으니 부럽기도 하다. 하기야 예술이란 상처 입은 영혼에서 길어 올리는 샘물이지 않던가. 영혼의 깊은 골짜기에 가느다란 끈을 매놓고 예술적 영감을 끌어올리는 장예모만의 감각들이 되살아난 영화였다. '거장'이란 영예(榮譽)를 다시 안고 돌아온 장예모표 영화였음이 틀림없었다.

다문 입

— 〈패션 오브 크라이스트〉를 보고

누군가가 말했다, 끊임없이 논란을 불러일으키는 작품이 명작이라고. 점잖게 말해서, '경악을 금치 못했다'라는 표현이 있다. 이 말을 내 식으로 표현한다면 '소스라쳐 놀라, 살이 덜덜 떨렸다'라고, 할 수 있다. 여러 매체의 리뷰나 광고를 통해 나온 평론가들의 호평 또는 혹평을 이미 읽었고 경악을 금치 못했다는 관객의 입소문을 들어 짐작은 했었지만 〈패션 오브 크라이스트〉를 보고 그야말로 살이 덜덜 떨리는 경지를 경험했다. 부활절을 앞두고 개봉된 이 영화는 단숨에 세계를 휩쓸었고 올봄 내내 논란으로 들끓었다.

하필이면, 햇빛이 쨍한 날 나는 이 영화를 보러 갔었다. 김포공항cgv(우리 동네에 있는 유일한 영화관. 지금은 사라지고 없다)에서 조조 상영 관람을 하고 광장 주차장을 걸어 나오는데 몇 번인가 헛디뎌 넘어질 뻔했다. 구약 시대에도 살인은 일어났었고 원죄로 인한 악마적 광기가 우리 영혼 속에 유전자처럼 도사리고 있다고 들었지만, 인간 본성에 잠재한 폭력은 과연 어디까지일까, 싶다. 스크린에 펼쳐진 폭력보다 나를 떨게 한 것은 매질하는 장면을 너무나 집요하게 끌고 가는 감독의 의도였다. 쇠사슬에 묶여 아무런 저항도 하지 못하고 끌려가는 무력한 죄인에게 무차별 폭력을 가하는 군인들과 우매한 군중은 그럴 수 있다고 치자, 하지만 가학적 화면을 그렇게 오래도록 끌고 가는 감독의 진의는 과연 무엇을 노린 것일까? 컴컴한 공간 속에 관객을 볼모로 잡아놓고 눈물을 쥐어짜게 만드는 상업성(값싼)의 속내(창작자의 전체 메시지를 읽어내지 못하고 옥의 티에 연연하는 나의 옹졸함인가?)를 보는 듯하여 씁쓸하다 못해 멀미가 났다. 물론 이것은 창작물의 한계로 보아야 하겠지만 진정성을 잃은 광포한 장면은 짜증으로 이어져 원초적 저항감을 불러일으켰고 감상자의 균형감마저 잃게 했다. 겟세마니 동산에서 피땀 흘리며 기도하던 나약한 인간 예수의 모습, 십자가에 매달린 스승께 목을 축여주려던 제자의 젖은 솜장대, 그가 흘린 피를 한 방울도 남김없이 닦아내던 어머니 마리아의 처절한 눈빛, 중성 성(性)을 지닌 악마의 몸짓 등과 같은 값진 장면들이 영화관을 나설 때는 다 휘발되고 말았다. 비릿함만 남은 영화였다. 살상의 잔혹함을 극대화하려다 많은 미덕을 잃어버린 최악의 영화였다. 폭력을 보지 못했거나 경험하지 못한 사람은 폭력을 가할 줄도 모른다고 했다. 내가 염려하는 것은 '전이성이 강한 폭력은 몸집을 불려간다'는 사실이다. 그러므로 첨단 영상의 눈속임을 조심해야 한다.

지난 3월, 나는 폴란드 아우슈비츠의 유대인 수용소를 다녀왔다. 가스실에서 희생된 사람들의 소지품인 신발, 가방, 안경테, 머리카락, 옷가지들이 종류별로 분리되어 더미로 쌓여 전시 중이었다. 그중에서도 내 시선을 강하게 끌어당긴 것은 대여섯 살짜리 남자아이의 것으로 보이는 가죽 샌들이었다. 한 사람의 광기가 600만 명의 유대인을 희생시켰다. 저항 능력이 없는 어린이들까지도 죽음으로 몰아 종(種)을 말리려 했다는 광기에 몸서리가 쳐졌다. '되로 주고 말로 받는 역사의 순환 현장', 과연 인간들의 폭력은 끝이 있기나 할까? 여러 무더기 속에 나뒹굴던 앙증맞은 샌들이 올봄 내내 눈에 밟혀 심한 내상(內傷)을 앓았다.

어느 청년의 표현처럼 당하시는 예수님은 이미 예고된 수난이었고 죄의 구렁에서 인간을 구해내기 위해 특별 임무를 띠고 오셨고, 그리고 부활이라는 완전한 시나리오가 있는 것도 아셨기에, 혹독한 매질을 '열정적'으로 견뎌낼 수 있겠지만 가해자들의 영혼은 어쩌란 말이냐? 쨍한 햇빛 속을 걸어 나오며 몇 번인가 비틀거렸던 것은 자꾸만 가해자들의(창작자 연기자를 포함해서) 영혼이 발길에 밟혔기 때문이다.

　그분이 흘린 피의 값만큼 제대로 살아내지 못하는 우리가 감히 무슨 말을 할 수 있겠는가. 입 다물 수밖에. 2천 년 전에는 우매한 군중이, 금세기에는 한 미치광이가, 오늘은 또 우리들이 그분께 번갈아 못을 박고 있는 건 아닌지? 영화를 보고 나오면서, 기도 한마디가 더 늘었다. "당신께 매질을 가했던 영혼들도 불쌍히 여기소서. 당신이 치렀던 피의 값에는 이미 그들의 몫도 들어 있지 않습니까?"

〈간신〉, 흥청의 제국

　　근래에 본 사극 중에 눈에 띄는 작품
이었다. 나는 민규동 감독의 작품과는 처음 만났다. 아직 그의
성향을 모르는 상태에서 영화를 봤지만, 첫 작품 하나만으로도
신뢰감을 확 끌어당겼다. 그의 치밀하고 꼼꼼하며 균형감각을
가진 연출력을 확인할 수 있었다.

　　도입부에서 과감하게 성애(性愛) 장면들로 장을 열었다. 〈감
각의 제국〉 이상으로 적나라한 알몸, 눈살을 찌푸리게 할 정
도의 파격 씬들을 펼쳤다. 처음엔 눈이 휘둥그레졌으나 과도
한 장면들이 조금 지루하다 싶게 끌려 나왔다, 저러다 어디까
지 갈 것인가. 확실히 19금(禁) 영화이긴 하지만, 살짝 걱정되
는 부분도 있었다. 나는 숨을 한 번 길게 내쉬고 마음을 가다

듬었다. 저토록 말초적 신경을 자극할 장면과 광기의 칼부림으로 또 피바람을 뿜다 끝나버리면 어쩌지, 괜히 조마조마하기까지 했다. 하지만 감독은 키를 굳게 쥐고 중반부터 힘을 발휘하기 시작했다. "임금이 임금다워야, 누구라도 임금으로 모시지……." 하는 가슴 철렁한 멘트를 날리며 성큼성큼 본격 서사로 진입했다. 예나 지금이나 정치판에는 '간신(姦臣)'이 출현할 요지가 다분하지 않은가. 또 그럴 수밖에 없는, 시대적 물음을 던지면서……. 그리고 인간 각자의 저 밑바닥에 가라앉았던 '이기적 괴물'의 상처들을 끌어내 과거와 현대사의 사건들을 중첩적으로 보여주었다. 시사성을 굵게 꿰어 속도를 조절해가는 것이 느껴졌다. 연산군의 재위 기록에서 '채홍사'라는 단어 하나를 채집하여 장편영화 한 편을 만들어가는 솜씨가 만만치 않았다. 손에 땀을 쥐게 하는 반전의 반전을 거듭하며 묵직한 서사줄기를 놓치지 않았다. 이야기를 새끼줄처럼 비틀고 꼬면서 끌고 가는 힘이 느껴졌다. 모처럼 '비극의 힘', 비극다운 비극을 엿볼 수 있는 작품이었다. 탄탄한 시나리오를 만났던 것이 영화의 힘을 발휘했지 싶다. 〈감각의 제국〉에 버금가는 흥청의 동성애 장면(색(色)의 향연)이 한국 영화의 예술적 경지가 어디쯤까지 도달했는지를 보여주었다. 다행히 성애의 장면들이 영화의 전체 구성에서 따로 놀거나 거슬리지 않았다. 영화에서 가장 인상적이었던 장면은 채홍사 임숭재가 왕에게 허풍 떠는 대사였다. "단 하루에 천년의 쾌락을 누리실 수 있도록 준비하겠나이다."라고, 말초적 대사를 날리는 입말이 압권이었다.

홍청들의 화려한 의상으로 눈을 현혹시키고 그 아슬아슬한 성애의 장면들이 속 이야기를 감싼 장식 역할을 충분히 했다고 느껴지는 영화였다. 역사물을 처음 만들었다던 신예 감독에게 다음 작품도 기대할 가치가 충분히 있었다.

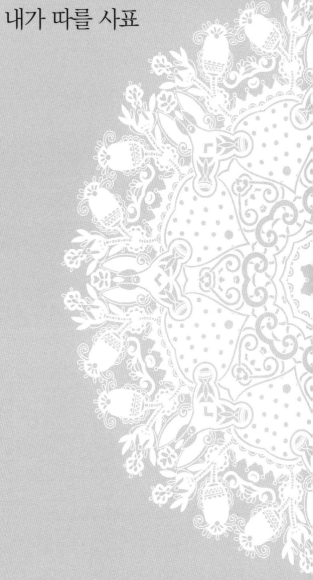

5

내가 따를 사표

무(無)에의 추구

어느 인간이든 내면을 깊숙이 들여다보면 상처 없는 영혼이 없다. 어떤 이는 그의 이름만 떠올려도 살얼음 조각에 베인 것처럼 가슴 한편에 싸한 아픔이 전해오는 이가 있다. 나에게는 이번에 소개할 책『무(無)에의 추구』의 주인공인 '십자가의 성 요한(St. John of the Cross)' 수도사가 그런 인물이다.

어느 해 봄 사순 시기에 전교가르멜 수도원으로 피정을 갔었다. 그때 지도 수녀님께서 읽어주신 시 한 편이 내 가슴을 쨍긋고 지나갔다. 처음엔 눈을 감고 수녀님의 낭랑한 음성에 끌려 시적 분위기 속으로 빠져들었는데 점점 가슴이 무지근하게 눌리는 느낌이었다. 얼음 조각에 살짝 베인 것처럼 싸하고 아린 통증이. 어느 순간부터는 나도 모르게 눈물까지 흘러내렸다. 나를 울린 시는 최민순 신부님께서 번역한 '십자가의 성 요한'의 「어두운 밤」이었다. 명상 광경을 조용히 지켜본 L 수녀님이 피정이 끝날 무렵 나에게 책 한 권을 건네주셨다. '십자가의 성 요한'의 생애를 다룬 『무(無)에의 추구』란 문고판형 책자였다. 나는 이 책을 읽기 전까지는 그분에 대해 아는 바가 별로 없었다. 그저 중세 스페인의 신비주의 수도사라는 정도밖에는…….

여느 해 사순 시기 같았으면 커피를 끊는다거나 금요일 아침마다 한 끼의 밥을 굶는 것으로 금욕적인 실천 한 가지를 행하며 지냈을 터인데 그해는 그냥 책만 읽기로 하였다. 하루에 많은 분량을 읽지 않고 묵상될 만큼만 조금씩 읽어가기로 했다. 대개의 평전이나 전기문이 그렇듯이 출생에서부터 성장을 거쳐 죽음까지를 한 권에 망라한 책이었다.

요한 예페(어릴 때 이름)는 여덟 살에 아버지를 잃었다. 그는 어려운 가정 형편(그의 집안은 개종자(conversos)로서 유대계 혈통이 들통날까 봐 유랑 생활을 하였음) 때문에 열세 살 때부터 빈민 특수병원 '라 부바'에서 간호조무사로 일하며 근근이 학업을 이어갔다. 천신만고 끝에 살라망카대학을 졸업한 그는 곧바로 아빌라 데레사 수녀와 손잡고 교회의 개혁운동에 뛰어

든다. 그동안 호의호식하며 온갖 특권을 누려왔던 성직자와 수도자들에게 거친 베옷을 입고 맨발로 고행의 삶을 살자고 외치니 사달이 날 수밖에. 제일 먼저 그가 소속되어 있던 공동체에서 반발과 비난이 빗발쳤다. 급기야는 동료 수사에게 보쌈 당해 톨레도 수도원으로 끌려가 종탑 꼭대기 방에 갇혔다. 온갖 모욕과 폭력이 쏟아졌다. 식사 때마다 식당 입구에 꿇어앉게 하고 동료 수사들이 지나가며 가죽 회초리로 등짝을 치거나 빵 부스러기를 바닥에 떨어뜨려주는 수모를 당했다. 널빤지 몇 조각을 이어붙인 다락방에서의 감금 생활이 길어지자 등짝에 상처가 생겼고 그 상처에서 피고름이 묻어났다. 추위와 배고픔으로 인한 육신의 고통이 극에 달했다. 하지만 그는 누구도 원망하지 않았고 긴긴밤에 상처를 감싸고 오직 님(하느님)만 생각하며 시를 지었다. 이때 주옥같은 '신비주의 시'들이 쏟아져 나왔다. 「어두운 밤」 「영혼의 노래」 등 스페인 전통시의 최고봉 걸작들이 탄생했다. 육체의 고통이 깊어갈수록 님과의 긴밀한 대화에 빠져든 요한 사제. 교회 개혁의 선구자였던 그가 보여준 무구(無垢)한 신앙심에 나는 그만 책장을 덮을 때가 많았다. 하느님과의 관계가 얼마나 깊어지면 저토록 모진 상황에서도 평상심을 유지할 수 있었을까? 그는 150센티도 안 되는 작은 체구로 모진 시련을 견디다 1591년 12월 13일 자정을 넘기고 조과경(朝課經)을 바치는 새벽 종소리를 기다리며 평온하게 숨을 놓았다. 마흔아홉의 생애를 다락방에서 마쳤다.

나는 이 책을 읽고 그 봄 내내 몸살과 어지럼증을 앓았다. 그때는 몰랐지만, 몸이 회복되면서 어렴풋이 하느님 곁에 가까이 갔었던 느낌이 들었다. 성인의 고행을 좇으며 특별한 체험을 했던 것 같다. 그 후 '십자가의 성 요한'에 관한 책들을 모조리 찾아 읽었다. 책 속에서 우연찮게 만난 그가 지금은 나의 사표(師表)로서 영감을 주고 신앙의 길잡이 노릇을 해준다. 내 작업실 책상 앞에는 엽서 크기만 한 노란색 이콘(icon) 하나가 걸려 있다. 내가 십자가의 성 요한을 존경하는 것을 알고 스페인 여행을 갔던 친구가 사다 준 그림이다. 당신이 감금되어 있던 톨레도 수도원 벽에 나타나셨던 예수님의 형상을 직접 그렸고 그때 들려왔던 음성을 받아 적은 글귀이다. "생(生)의 황혼녘에 너를 사랑으로서 심판할 것이다(A la tarde te examinaran en el amor)."라고.

나에게는, 한 인물에 꽂히면 집요하게 파고드는 습관이 있다. 처음엔 그의 사상이나 역사적 사건 때문에 공부의 대상이 되었다가, 엉뚱한 데서 연민이 꽂혀 내밀한 사생활까지도 파헤쳐 들어가는 못된 버릇. 심지어는 그의 영혼의 실핏줄에까지 엑스레이를 들이대고 싶은 충동에 빠지곤 한다. 이렇듯 요한 예페에 대한 관심도 깊어져 그의 성장기를 추적하다 부모를 알게 됐고 집안의 가계(家系)와 민족의 역사까지도 거슬러 올라가게 되었다. 그분의 시를 원전으로 읽고 싶다는 생각에 스페인어 공부를 시작했는데 어쩌다 보니 스페인 역사와 문화에도 빠져버리고 말았다. 내가 이 세상 떠나는 마지막 날에, '예, 예, 주님! 저는 사랑밖에 아무것도 몰랐나이다.' 하고, 대답할 수 있었으면……

어두운 밤*

 ………

 상서로운 야밤중에

 날 볼 이 없는 은밀한 속에

 빛도 없이 길잡이 없이

 나도 아무것 못 보았노라

 마음에 속 타는 불빛밖엔

 한낮 빛보다 더 탄탄히

 그 빛이 날 인도했어라

 내 가장 아는 그분께로

 날 기다리시는 그곳으로

 아무도 보이지 않는 그쪽으로

....

* 최민순 신부 번역.

아, 밤이여 길잡이여
새벽도곤 한결 좋은 아, 밤이여
꾐하는 이와 꾐받는 이를
님과 한몸 되어버린 괴이는 이를
한데 아우른 아하, 밤이여

꽃스런 내 가슴 안
오로지 님 위해 지켜온 그 안에
거기 당신이 잠드셨을 때
나는 당신을 고여드리고
잣나무도 부채런 듯 바람을 일고

바람은 성 머리에서 불어오고
나는 님의 머리채 흩어드릴 제
고요한 당신이 손으로
자리게 내 목을 안아주시니
일체 나의 감각은 끊어졌어라

하릴없이 나를 잊고
님께 얼굴 기대이니
온갖 것 없고 나도 몰라라
백합화 떨기진 속에
내 시름 던져두고.

칠층산

지난여름엔 일손이 잡히질 않아 애꿎은 서재를 뒤집어엎었다. 그러다 손때 묻은 책 한 권을 발견했다. 『칠층산』이란 자서전적인 성격을 띤 신앙고백서였다. 이 책을 쓴 토머스 머튼(Thomas Merton)은 트라피스트* 수도회의 사제였으며 문필가였다. 그는 1915년 프랑스에서 태어났지만 어린 시절 어머니를 여의고 무명 화가인 아버지를 따라 영국과 프랑스를 오가며 유년 시절을 보냈다. 16세 때에는 아버지마저 뇌종양으로 잃고 다니던 케임브리지대학을 떠나 미국으로 건너갔다. 그곳은 외조부모가 계신 곳이었다. 이런 만만찮은

....

* 1644년 프랑스 노르망디 라 트라프 지방에서 엄격한 수도 생활을 지향하여 결성되었던 수도 단체.

젊은 날의 인생 편력이 그를 영성의 깊은 골짜기로 끌어들였고 '글을 쓰는 성소'를 갖게 했는지도 모르겠다.

머튼은 『칠층산』의 집필 동기에 대해 단테의 『신곡』 「연옥 편」에서 영감을 얻었다고 한다. 연옥의 일곱 번째 산인 칠층산은 지옥과는 멀고 천당과는 가장 가까운 정죄산(淨罪山)이다. 나는 이 책에서 영성으로 가는 걸음마를 배웠다. 책을 읽다 보면 명쾌하고 적확한 문장들이 저절로 입술을 열어 기도하게 하고 묵상에 들게 했다. 그만큼 매력적이었던 문체가 그의 입담 속으로 빠져들게 했다. 동서양 학문을 두루 섭렵했고 해박한 지식과 깊은 신앙 체험이 심금을 울리며, 독자들을 정죄의 골짜기로 따라 들 수 있도록 이끌었다. 그는 컬럼비아대학 시절부터 이미 문필가(시, 소설, 평론)로 명성을 얻었고 그림과 재즈에도 심취했던 자유분방한 작가였다. 그런 그가 어느 날 깨달은 바가 있어 봉쇄 수도원으로 들어간다고 했을 때, 그의 스승이나 친구 주변인들이 깜짝 놀랐었다고 한다. 안타깝게도 그는 1968년 12월 태국 방콕에서 선풍기 감전 사고로 절명하고 말았다. 문필가로서의 필력과 수도자로서의 영성이 한창 피어나던 53세의 나이로 출장 중에 선종했다. 뜻밖의 사고로 세상을 뜨지 않았더라면 그는 가톨릭 근대사에 큰 획을 긋고 지나갈 인물이었다.

나는 꽤나 긴 시간 동안 믿음 생활에서 겉돌았던 적이 있다. 뭔가 채워지지 않는 마음의 갈급증으로……. 미사전례가 행해지는 시간에도 머릿속이 딴생각들로 가득해서 성체를 받아 모시기가 정말로 민망할 정도였다. 건성으로 따라 하는 전례의식들이 과연 내 신앙에 무슨 도움이 될까? 고민에 빠져 있을 때 이 책을 만나게 되었다. 두께가 만만찮은 책을 펼쳐 들고 읽어가는 순간 마치 광야에서 길잡이를 만난 것처럼 반가웠다. 그래서 이 책에는 나의 신앙 성장 기록이 갈피갈피마다 흔적으로 남아 있다. 연필과 형광펜으로 반복해서 친 밑줄과 붉은색 물음표들이 빼곡하다. 오늘 이 흔적들이 새삼 말을 걸어오는 듯했다. 그 시퍼렇게 날 섰던 종교에 대한 의문들이 이제는 좀 해결되었느냐고.

지난여름은 내게 혹독한 계절이었다. 성당에서 전례부 활동을 함께 했던 친구 남편이 갑자기 뇌졸중으로 쓰러져 세상을 떠났는가 하면, 호우 피해와 비행기 사고로 지인 네 명이 선종했다는 비보가 연달아 날아들었다. 장례미사를 준비하고 진행하면서 삶의 허망과 믿음의 회의가 겹쳤던 여름이었다. 한 해 전에 우리 본당을 떠나셨던 신부님이 휴가를 갔다가 산사태로 죽음에 이르렀고 또 '부부 성가대' 단원으로 활동했던 형제님(조종사)이 비행기 사고(2011.7.28. 아시아나 화물기 사고)로 시신도 찾을 수 없는 불귀의 객귀가 되었다. 뜻밖의 죽음과 마주하며 여름 내내 신산스럽던 날은 이제 더위와 함께 물러가고 조석으로 서늘한 바람이 불어오기 시작한다. 생의 한 매듭이 풀려나간 듯 일손이 잡히질 않아, 책장을 뒤집어엎어 손에 들게 되었던 『칠층산』을 읽으며 조금씩 안정을 찾아가고 있다. 여러분들도 한번 칠층산 정죄의 골짜기를 더듬으며 '은총의 샘'을 발견해보시길 바란다.

눈먼 이의 소원

인간의 내면을 들여다보면 상처로 얼룩져 있다. '초인'을 외치던 니체(Friedrich Nietzsche)도 그랬다. 젊은 날에는 사랑에 실패했고 오랫동안 정신병을 앓다 쉰여섯 살에 노총각 신세로 죽었다. 말년엔 안경을 쓰고도 거의 시력이 나오지 않아 컴컴한 세상을 살다 갔다. 어릴 적부터 영민함을 보였던 그는 스물네 살에 리츨 교수의 추천으로 바젤대학 고전문헌학 교수로 초빙된다. 한데, 희랍어와 라틴어 고전 독해에 발군의 실력을 보이며 잘 나가던 그에게 병마가 찾아든다. 서른네 살 한창 교수로서 빛을 보일 나이에 한 해 동안 무려 백열여덟 번이나 발작을 일으키는 뇌질환을 앓으며 절망에 빠진다. 그는 하는 수 없이 그해 말 교수직을 그만두고 알프스 산 숲속으로 들어가 요양 생활을 시작했다. 근 10여 년간 알프스 산맥 남북을 오르내리며 여름엔 북쪽에서 겨울엔 남쪽에서 요양을 하며 나날을 보낸다. 나는 이 대목을 읽으며 울컥했다. 나도 열세 살 때부터 편두통을 앓기 시작해서 오래도록 고질병을 달고 살았으니…….

그는 목사의 아들로 독일 작센주에서 태어났다. 친가는 물론이고 외조부까지도 경건한 목사 집안이었다. 니체 나이 다섯 살에 아버지가 뇌질환으로 세상을 떴다. 어머니뿐만 아니라 할머니도 과부였고 고모와 누이동생 그리고 하녀까지 모두 여자들의 틈바구니에서 성장기를 보냈다. 어쩌면 그가 외치던 '힘에의 의지(Will to power)'도 성장 배경의 결핍에서 비롯되지 않았을까 하는 의심을 불러오게 하는 대목이다. 바그너를 따르고 그에 열광했던 것도, 일찍 세상을 떠난 그의 부친과 외모가 빼닮았었기 때문인 것 같다. 두 사람은 결국 애증 어린 앙숙지간으로 결별하고 말았지만. 그의 여자관계도 실패의 연속이었다. 첫 번째 여자와도 실패하고, 친구 파울 네로부터 러시아 출신 루 살로메를 소개받고 첫눈에 반해 열정적으로 사랑했지만 보기 좋게 퇴짜를 맞았다. 그녀는 니체를 버리고 네로와 연인이 되어 떠나버렸다. 그는 병마에 시달리면서도 필생의 연구 결과인『차라투스트라는 이렇게 말했다』『선악의 피안』『도덕의 계보』『권력에의 의지』등 한 해에 무려 네 권의 철학서를 쏟아놓고 그만 정신을 놓아버렸다. 그런 이후, 그의 정신은 한 번도 온전한 상태로 돌아오지 못했다.

때로 글을 쓰다 보면 어휘의 뜻이 모호할 때가 있다. 그러면 나는 사전에서 그 반대의 말을 찾아보는 습관이 있다. 반대어에서 확실한 개념을 얻을 때가 종종 있었기 때문이다. 이처럼 학문이나 종교 문제도 반대편에서 외치는 이의 말을 들어볼 필요가 있다. 니체는 기독교 신앙으로 보면 '별종'과 같은 인물이었다. "신은 죽었다."라고, 생뚱맞게 외치고 나왔으니. 하지만 그의 사상을 깊이 들여다보면 그의 표현이 표면 그대로의 뜻만 지닌 게 아니라는 것을 금방 알 수 있다. 기존의 가치들이 잘못되었다면 밑바닥부터 깡그리 부정해야 새로운 것을 세울 수 있다는 얘기인 것이다.

일찍이 서양 고전뿐만 아니라 고대 인도 사상과 불교까지 접했던 그는 분명 우리가 깨닫지 못했던 무엇에 눈을 떴고, 그 실체를 알리려 애썼던 것 아니었을까. 초월적인 어떤 정체와 맞닥뜨렸을 수도 있겠고 자기 내면에서 외치는 소리를 정직하게 받아 적었을 수도 있었겠지. 그는 "신은 죽었다."라고, 외치면서도 단 한 번도 예수에 대해서는 비난을 한 적이 없다. "진정한 그리스도인은 오직 예수뿐이다. 예수가 믿었던 하느님을 믿으라."고 외쳤던 것이다. 그것은 오래도록 병폐가 되어버린 교회 조직과 한껏 덧씌워진 사상을 역설적으로 말한 것일 게다.

나는 오늘, 마르코 복음서에서 눈먼 이가 예수에게 외쳤다던 그 말, "스승님, 제가 다시 볼 수 있게 해주십시오."라고 했던 대목을 곱씹어본다. 나는 종교인으로서 무엇을 보지 못하고 당달봉사와 같은 신앙 생활을 연명하고 있는 것인가. 이 목마름을 어찌할 것인가. 니체는 병마에 시달리면서도 무엇을 꿰뚫었기에 그처럼 확신에 차서 "신은 죽었다."라고, 단언할 수 있었을까⋯⋯.

줄탁동시의 기적

　　세상에서 가장 복 있는 사람은 사제
지간의 인연을 잘 만난 사람일 것이다. 눈길 깊은 스승은 사람
몸속에 심겨진 씨앗, 즉 천품(天稟)을 알아보고 그것을 톡톡 건
드려주는 역할을 한다. 스무 날 동안 혼신을 다해 알을 품어오
던 어미 닭이 알 속의 신호를 알아듣고 단박에 껍데기를 깨주
는 줄탁동시(啐啄同時)의 본능처럼 사제지간에도 절묘한 '시절
인연'이 기적을 이뤄내고 참하고 반듯한 인물을 만들어낸다.
이문열의 단편소설 「금시조(金翅鳥)」는 줄탁동시의 기회가 비
껴갔던 불행한 사제지간의 얘기를 다뤘다. 제자가 너무 올되면
여물기도 전에 스승의 품을 뛰쳐나가 되바라지고 또 너무 늦되
면 말귀를 못 알아듣은 상태에서 스승은 이미 저세상으로 떠나
버리고, 뒤늦게야 귀가 뚫리고 눈이 뜨여서 땅을 치고 통곡한

다는 얘기였다.

젊은 시절엔 내 속에 무엇이 들어 있었던지? 사실 캄캄할 때
가 많았다. 혼자 힘으로 어둠을 뚫고 나온다는 것은 장님이 코
끼리 다리 한쪽을 잡고 씨름하는 거나 다름없는 맹목이었을 수
도 있다. 멘토가 절실히 필요한 때가 있었지만 나의 경우는 그
대상을 찾지 못했고 대신 책을 팠다.

『신학대전』을 쓴 토마스 아퀴나스는 소년 시절부터 몸집이
크고 뚱뚱한 체질이었으며 말수가 적었다. 그런 데다 황소처럼
고집까지 세어서 가족들도 감당하기 어려웠다고 한다. 그는 이
미 아홉 살 적에 수도원에 들어갈 계획을 세워두었다고 했다.
그가 가족의 반대에 부딪혀 먼 곳의 수도원으로 길을 떠났다가
도중에 형제들에게 보쌈당해 집으로 끌려오는 수모도 겪었다.
부모의 반대를 무릅쓰고 도미니코 수도회가 있는 파리대학교
로 유학을 갔을 때 그곳엔 신학자 알베르투스가 있었다. 눈길
깊은 노교수는 그의 영성을 한눈에 꿰뚫어 보았다고 한다. 스
승은 제자와 함께 도서관에서 책을 읽으며 이런 말을 던졌다고
한다. "저 말 없는 황소의 울음이 언젠가는 세상에 가득 울려
퍼질 시대가 올 것"이라고. 그렇다. 중세인으로 살면서 한 발짝
먼저 '근대의 문'을 열려고 시도했던 아퀴나스는 아리스토텔레
스의 철학을 기독교와 융합시켜 근대 기독교 사상의 광맥을 일

귀낸 인물이었다. 참 스승이란, 알베르투스 교수처럼 그 사람 속에 든 화신(花神)의 기미(機微)를 알아채고 바람의 시기를 조절해주는 역할꾼 노릇만 해주면 되는 것이다.

아들 하나만 달랑 둔 나에게 올해는 딸(代女) 둘이 생겼다. 이 처녀들은 스물일곱 살의 동갑내기로 고향도 학교도 달라 한 번도 만난 적이 없는데, 꼭 자매처럼 닮은 게 신기하다. 취업의 '좁은 문'을 통과하기 위해 한창 힘들고 예민할 시기임에도 불구하고 가톨릭 교리 공부를 해서 세례를 받은 것만으로도 미쁜 일인데 이들은 주말마다 문자 메시지로 안부를 전해온다. 이처럼 새로 태어난 생명들에게 밝은 눈길로 길잡이가 되어주어야 할 텐데. 요즘 나는 긴장과 설렘이 교차하는 짜릿한 시간을 보내고 있다. 욕심이 앞서가는지 모르겠지만 이들에게 혹시 성소(聖召)*의 기미가 있다면 더 늦기 전에 발견해주는 것이 대모(代母)**의 역할이겠지. 그래서 이들에게 영성 서적들을 조심스럽게 읽혀보는 중이다. 토마스 머튼의 자전적 에세이『칠충산』을 선물하기도 하고 내가 썼던 종교 칼럼을 복사해서 책갈피에 넣어주기도 하고, 수도원 생활을 다룬『위대한 침묵』같은 영화를

....
* '거룩한 부르심'으로 수도자로 살아가는 일.
** 세례성사나 견진성사를 받을 때 신앙생활의 조력자로 세우는 여자 후견인.

함께 보기도 한다. 줄탁동시와 같은 기적은 서로 참마음이 통하는 데서만 일어난다는 것을, 나는 믿는다. 이들에게 신앙의 길라잡이가 될 것을 생각하면 한편으로 떨리고 맘속 깊이 충만감이 차오르기도 한다.

파스카 신비

올해는 사순 시기가 유난히 길게 느껴진다. 지구촌에 일어난 재앙들로 내 개인의 마음속 어둠은 돌아볼 여유도 없이 벌써 사순 제5주일에 다다랐다. 아직 해결의 기미조차 보이지 않는 후쿠시마 원전 사태는 그야말로 '지구촌의 대재앙'이었다. 얼마나 많은 생명에게 그 폐해가 퍼져 나갈지 가늠조차도 할 수 없는 재앙이다. 빨리 회색빛 터널이 걷히고 부활의 빛이 그 땅에 쏟아지길 기원한다.

이제 한 주간만 견디면 '주님 수난 성지주일'이다. 나귀를 타고 예루살렘에 입성하시는 예수님을 향해 종려나무 가지를 흔들며 환호했던 군중처럼 우리도 측백나무 가지를 한 손에 들고 '호산나!'를 외치겠지. '예루살렘 입성 기념' 예절이 끝나고 나면 곧이어 본 미사가 시작되고 말씀의 전례 중에 '그리스도의 수난기'가 봉독되겠지. 해마다 되풀이되는 현상이지만 나는 이 날 묘한 의문에 빠져들게 된다. 교회는 왜 환호와 배반의 이 끔찍한 사건을 한날에 기념하게 하는지……

　수난 복음은 역할이 분담되어 해설자와 예수님 그리고 군중이 제각각 목소리를 내어 봉독하게 된다. 대부분 신자는 선택의 여지 없이 군중 역할 대사를 외치게 되고, "바라빠를 풀어주고, 그를 십자가에 못 박으시오."라고 목소리를 높인다. 이때부터 나는 분심으로 인해 미사에 집중할 수가 없다. 돌팔매질을 하며 외치는 저 군중이 정녕 종려나무 가지를 흔들며 환호했던 이들과 동일 인물들이었을까? 만일 한 개인이 홀로 행동한다면 저토록 돌변하여 이중적 행동을 할 수 있을까? 방금 전에 축성 받아놓은 성가지가 나를 노려보는 것 같아 몸둘 바를 모르겠다. 대체 인간의 심리는 어디까지 이성적으로 다스릴 수 있을까 그리고 어디까지가 통제 불능 상태로 추락하는 것일까? '군중심리'에 대해 국어사전엔 '많은 사람이 모였을 때에, 자제력을 잃고 쉽사리 흥분하거나 다른 사람의 언동에 따라 움직이는 일시적인 특수한 심리 상태'라고 풀이해놓았다. 내가 군중과 개인의 심리 사이를 오락가락하고 있을 때, 전례 예식은 계속 진행되어 이미 수난 사건 클라이맥스에 다다랐다. 해설자의 목소리가 떨리며 "예수님께서는 숨을 거두셨다." 하고 멘트가 툭 끊겼다. 우리는 모두 무릎을 꿇는다. 그동안 고여 있던 눈물이 내부로 흘러 코가 매울 때쯤 누군가 훌쩍하고 첫 소리를 터뜨린다. 그러면 기다렸다는 듯 여기저기서 훌쩍거리는 소리가 동시에 쏟아진다. 이런 현상 역시도 '군중심리'에 이끌린 것 아닐까. 만약 아무도 훌쩍거리지 않았다면 나 역시 눈꺼풀을 몇 번 껌뻑거리다 눈물을 집어넣고 말았을 텐데.

다석(多夕) 유영모 선생은 '씨알 사상'에서 "제 소리를 내라."고 했다. 군중심리에 휩쓸리지 말고 양심의 소리에 귀를 기울이고 올곧게 행동하라는 말일 것이다. 2천 년 전의 사건처럼 오늘 똑같은 상황이 벌어진다면 나는 과연 군중 속에서 제 소리를 내어 예수님을 구할 수 있을까. 그분은 죄가 없다고 앞장서서 막아낼 수 있었을까? 환영과 배반, 죽음이 별개의 사건이 아니라 예수께서 우리에게 보여주신 '파스카 신비'의 한 사건임을 깨닫지 못하고, 오늘도 멍청히 앉아 그냥 나의 내면과 싸우는 시간이 되고 말았다.

노회한 그물망

세상을 살며 고생길을 줄이는 방법
은 스승이나 안내자를 잘 만나는 것이다. 따를 사표(師表)를 일
찍부터 찾아내거나 인생의 길잡이를 잘 만나면 노정을 줄일 수
있고 신선한 샘물까지도 맛볼 수 있기 때문이다. 제아무리 발
버둥을 쳐봐도 혼자 힘으로 어둠을 뚫고 나온다는 것은 쉬운
일이 아니다. 알 속에서 속살거리는 기미를 알아채고 단박에
껍데기를 톡톡 깨주는 어미 닭의 본능처럼, 혜안을 가진 스승
을 만날 기회를 얻는다면 그보다 큰 행운이 어디 있을까. 또는
먼저 걸어간 이의 발자취를 좇아가는 방법도 있겠지.

신앙의 길잡이를 찾는 것 또한 게을리할 수 없는 일이다. 가
이드가 이끄는 대로만 따라가면 꽃밭을 만날 수 있고 그곳에

이르러 나 또한 한 송이 꽃으로 피어날 수 있다면, 더할 나위 없겠지만. 자기 안에서 꽃을 피워본 사람만이 남의 속에 든 화신(花神)의 기미(機微)를 알아채고 꽃피울 시기를 건드려줄 수 있기 때문이다. 단테의『신곡』연옥편에서 작가는 베르길리우스를 길잡이로 내세운다. 로마의 시인이었던 그에게 연옥을 안내하도록 하고 천국 앞에서는 베아트리체에게 인도하도록 한다. 아마도 단테는 베르길리우스가 천국에 들어가지 못했을 인물이라고 생각했나 보다. 천국에 가보지 않은 자에게 천국 안내를 맡길 수는 없다는 뜻으로……. 20세기의 영성가로 꼽히는 토머스 머튼 사제도『신곡』의 연옥편에서 영감을 얻어『칠층산』을 썼다. 나는 또 머튼의『칠층산』에서 많은 영성적 감성을 받아 작업하기도 한다. 이처럼 학문과 신앙은 몇 세기를 뛰어넘어 사표로 또는 스승으로 부활하여서 길잡이나 안내자 역할을 해준다.

나는 성인이 되어 가톨릭에 입문했는데도 불구하고 뭔가 따분하고 채워지지 않는 허전함이 계속되었다. 주일미사 때도 딴생각으로 가득해서 멍하니 앉아 있다가 성체 모실 시간에만 앞으로 나가다 보니, 성체를 받기가 민망할 정도였다. 이렇게 건성으로 따라하는 전례의식들이 내 신앙에 무슨 도움이 될까? 점점 죄책감에 짓눌렸다.

그즈음 L 신부님이 나타나셨다. 우리 본당이 낡은 공장 건물

을 임시 성전으로 사용하며 새 성전을 지으려고 건축 봉헌금을
책정하던 때였다.

어느 날 그 성당 마당으로 젊고 멋진 분이 차를 몰고 들어왔
다. 키가 크고 시원스럽게 생긴 외모답게 성정도 칼칼하실 것
같은 분이. 오시는 그날부터 성전 건축 봉헌기도를 하라고 몰
아치셨다. 어른 중키의 성모님상을 구역마다 모시고 다니며 밤
마다 고리묵주기도를 이어갔다. 예수님은 성전에서 장사하던
사람들을 채찍으로 내쫓으셨지만 L 신부님은 날마다 성전 마
당에 난장을 펼치게 했다. 교우들이 소비하는 소모품이나 식료
품을 거의 이 난장에서 해결하게 했다. 여성반장들은 자기네
아파트에 장사꾼으로 나섰고 두부 한 모라도 요청이 있으면 언
제든 배달했다. 그래서 비신자인 동네 사람들까지도 기꺼이 참
여하게 되었다. 덕분에 일 년에 이삼백 명의 새 신자가 계속 늘
어났다. 아무리 마음을 다져 먹고 미사에 참여해도 L 신부님의
언변에 넘어가 2차 봉헌금으로 지갑을 탈탈 털리고 말았다. 그
분의 노회한 그물망에 안 잡혀든 이가 없을 정도였으니까. 그
분은 큰손의 어부였으며 노련한 선장이었다. 때론 배가 산으로
갈 때도 있었지만 중심 키를 굳게 쥔 선장은 회항하는 기술까
지도 탁월했다. 우리는 억척스럽게 장돌뱅이 노릇을 했고 교구
지원금 없이 순수하게 모은 우리의 돈으로 성전을 완성했다.
새 성전에서 첫 미사를 봉헌하던 날, 나는 가슴이 먹먹해서 말
을 한마디도 하지 못했다. 지금도 그때를 떠올리면 콧등이 시

큰해진다.

또 하나 놀라운 기적이 있었다. 공사가 완료되고 정산해보니 몇억 원의 현금이 남았던 것이다. 초대 공동체의 꽃이 다시 피어난 듯 모두가 충만감에 젖어 손을 잡고 감사기도를 올렸다. 그리고 L 신부님은 곧장 가셨다. '사제가 성당 하나를 짓고 나면 영성이 바닥나 안식년을 갖고 재충전하는 기회를 가져야 한다'며 뒤도 돌아보지 않고 떠나셨다. 재속사제가 신자들과 하나가 되어 뒹굴고 씨름하며 아버지의 집을 완성했는데. 그리고 그 집에 꽃이 활짝 피었는데. 무슨 영성이 바닥났다고, 그리 엄살을 떨며 떠나셨는지?

L 신부님! 이제 바닥난 영성이 채워지셨습니까? 그 노회한 그물망이 그립습니다. 언제, 어디에 계시든 부디 우리 주님의 '십자가 수난'을 잊지 마십시오.

> ……아무런 영웅적 기색도 없이
> 아니, 볼꼴 없고 병신스런 모습을 하고
> 그분이 부활의 길을 홀로서 가듯
> 나 또한 홀로서 가야만 한다.*

---

* 구상 시인, 「그분이 홀로서 가듯」에서.

L 신부님! 당신은 그분의 '부활의 길'을 외롭게 가셔야 합니다!

당신 수단 자락은 늘 품이 크고 넉넉해서 여리고 좋은 생명뿐만 아니라 부실하고 나쁜 생명까지도 품어주었습니다, 어미 닭처럼요.

성 아우구스티누스

내게는 고약한 버릇이 있다. 좋아하
는 인물이 생기면 집요하게 파고드는 습관. 처음엔 그의 사상
이나 업적을 좇다가 나중엔 내밀한 사생활까지 파고드는 버릇
이다. 심지어는 그의 영혼의 실핏줄까지도 캐어 보고 싶은 강
한 호기심이 발동한다. 성인 아우구스티누스를 좇기 시작한 지
가 꽤 여러 해 되었다. 언젠가 그의 어머니 모니카를 어느 칼럼
에서 소개했던 적이 있다. 이렇듯 한 인물에 꽂히면 그의 성장
기를 추적하다 부모를 알게 되고 집안의 가계(家系)와 주변 인
물 그리고 민족의 역사까지도 거슬러 올라가게 된다. 인물 탐
색을 통해 뿌리를 찾아가는 게 내 취미인 것이다.

아프리카 히포의 주교 아우구스티누스는 청소년기에 '참을

수 없는 방탕아'였다. 그의 부모는 아들에게 법률가의 뜻을 두고 일찍이 카르타고로 유학을 시켰는데 도시로 나온 아들은 금방 불량배들과 어울렸다. 이때부터 도둑질과 문란한 성을 접촉하며 도시의 깡패로 성장해갔다. 또래의 노예 여자와 놀아났고 뜻하지 않게 아들까지 낳게 되었다. 훗날 그가 고백한 얘기를 한번 들어보자, "나의 육체적 욕망과 청춘의 끓는 피는 나로 하여금 순수한 사랑과 정욕을 구별하지 못하게 했습니다. 나의 육체적 욕망은 나의 젊음과 나약한 기질을 연료로 삼아 맹렬히 불탔습니다. 그리하여 음행의 구렁텅이에 빠지게 되었습니다." 라고, 했다.

거칠고 불량한 청소년기를 보내던 그가 열아홉 살에 키케로의 『호르텐시우스』를 읽었다. 지금은 전해지지 않는 책이지만, 크게 감명을 받았다고 한다. 그때부터 청년은 문학에 눈을 뜨게 되었고 플로티누스를 읽으면서는 철학에 빠져들게 되었다. 그는 젊은 시절, 그 당시 서로마제국에 널리 퍼져 있던 마니교에 심취했었다. 마니교의 지도자 파우스트와 '유물론적 이원론'에 대하여 논쟁을 벌이다 실망하고 아프리카를 떠나 밀라노로 갔다. 어느 날 신약성경을 읽다가 의문이 들어 당시 그곳의 주교로 와 있던 암브로시우스를 찾아갔다. 거기서 신학을 공부하는 계기가 싹텄다. 그에게는 또 하나의 행운이 찾아왔다. 어느 날, 사색에 잠겨 정원을 산책하는데 어린아이 음성과 같은 맑은 음성이 들려왔다. '집어라, 그리고 펼쳐 읽어라' 하여 집어 읽었더니 "주 예수 그리스도로 온몸을 무장하십시오. 그리고 육체의 정욕을 아예 끊어버리십시오."라는 바오로 서간의 말씀이 펼쳐졌다. 이 사건을 계기로 그는 끈질긴 정욕에서 벗어나 경건한 신앙에 심취하게 되었다. 북아프리카 출신인 그는 신약성경의 종교성과 플라톤 철학의 봉우리를 연결하여 '신플라톤주의'라는 큰 산맥의 융합을 이뤄낸 교부철학의 비조로 꼽히게 되었다.

인간에게 회심의 기회는 언제 오는가?

내가 그를 만나게 된 계기는 '간절함' 때문이었다. 세상에 대한 호기심 덩어리인 나로서는 세례를 받고 수십 년 동안 신자로 살아왔지만 신의 존재에 대한 의문을 저버릴 수 없었다. 정말 인간들의 생활에 깊이 개입해서 세상사를 주관하시는 신의 영향력이 있는지? 그래서 종교의 핵심이라고 하는 '영적 샘물'을 맛보고자 하는 간절함이 있었다. 그 방법을 찾아 좌충우돌하다 그의 전기를 읽게 되었다. '문리가 트이다'라는 관용구가 전해오듯이, 나는 이때부터 종교나 철학서들이 재미있고 술술 읽혔다. 그 이전에도 그의『고백록』을 읽은 적이 있었지만 전기를 읽으면서 한층 그의 영혼에 가닿았다. 종교 변혁기의 교부로서 이단들의 위협과 분파 갈등을 해결하려는 그의 고뇌가 절절하게 전해지는 책이었다. 그이처럼 진리를 찾아 끝없이 순례했던 영혼도 드물 것이다. 내가 그를 신앙의 사표(師表)로 꼽는 것은? 세상에 던지는 물음의 태도다. 의심이 생기면 끝까지 파헤쳐 보는 집요함이 그와 내가 닮은 점이다.

지난여름, 우리 본당에는 새 사제가 태어났다. 잠자리 날개처럼 얇은 깨끼 제의를 입은 새 사제가 사제 서품을 받고 와서 첫 미사를 봉헌하는 날이었다. 처음으로 성작을 들어 올려 "그리스도의 몸과 피가 되게 하소서!" 하고 축성 기원을 드릴 때 바들바들 떨리던 그의 손끝을 보았다. 그리고 목울대를 통해 터져 나온 떨리는 음성. 한 인간의 십년공부가 결정체로 피어나는 저 순간, 하느님이 나투신 모습을 우리에게 보여주는 것 아니겠는가. 왠지 모르겠지만, 그 순간 나도 모르게 왈칵! 눈물이 쏟아졌다. 미사 내내 주체할 수 없도록 눈물이 흘러내렸다. 그 충만하고 황홀했던 떨림의 시간에, 나는 '부활의 길을 홀로 서 걸어가셨던 분', 2천 년 전의 그분의 모습이 자꾸만 새 사제의 깨끼옷 위로 겹쳐 보였다. 저 푸른 사제 또한 홀로 서 외롭게 가야만 할 것이다, 험난한 신앙의 순례를 통해 부활의 길로……

창공의 새들처럼

산새 소리 맑은 것을 보니, 봄의 전
령이 가까이 왔나 보다. 빨간 산수유 열매가 몇 알밖에 남지 않
았다. 이즈음이면 산새들에겐 혹독한 시기이다. 산 밑에 있는
우리 집 정원에 심어진 산수유나무엔 산새들이 몰려와 수시로
허기를 채우고 간다. 어서 눈이 녹아야 저들이 먹잇감을 찾을
수 있을 텐데. 이렇듯 봄은 소리 없이 오고 있는데, 난데없이
이별을 고하다니?

어려운 시절을 함께했던 사람은 쉽게 잊을 수 없는 법이다.
내가 다니는 성당은 역사가 아주 짧은, 이제 스물몇 해에 지나
지 않는 청년 본당이다. 처음 모체 본당에서 분당을 하여 살림
을 차렸을 땐 어설프기 짝이 없었다. 한때 단추 공장으로 쓰였

던 낡은 건물에 세입자로 들어갔다. 빗물이 줄줄 새던 슬레이트 지붕 아래 제대를 차리고 첫 미사를 봉헌했다. 그때부터 우리 성당과 손을 잡고 함께했던 수도 공동체가 있다. 갈색 수도복을 입은 전교가르멜 수녀님들이다. 그분들과 우리는 선교 활동을 용감하게 나섰고 성전 건축비를 마련하려고 억척스레 뛰어다녔다. 그래서 20년 만에 번듯한 본당 건물을 지었고 수녀원도 짓고 많은 신자를 늘려 입주했다. 그런데 이제 좀 편안해질 만하니 떠난다고 보따리를 챙기는 것이다. 이곳 성당은 이제 자립할 여건이 되었으니 더 열악한 복음의 불모지를 찾아 전교 활동을 떠난다는 것이다. 그나마 거친 베옷에 맨발(초기 가르멜 공동체는 맨발에 거친 베옷을 착용했다)로 떠나는 것이 아니어서 다행이라 해야 할까. 이럴 때 약산 신달래 피기도 전에 고이 보내드려야 할까. 그동안 수녀님들과 함께했던 추억이 활동사진처럼 지나간다. 사도직 파견 임기가 보통 2년씩이어서 그동안 많은 수녀님들이 우리 본당을 거쳐갔고 우린 그분들의 몸에 밴 검소한 생활과 깨끗한 영성을 바라보며 우리의 영혼도 맑게 씻을 수 있었다. 한번은, 전례 담당으로 오신 K 수녀님과 첫 회의를 하는 날이었다. 우리는 늘 하던 대로 회의 전에 자판기에서 커피를 뽑아 한 잔씩 돌렸고 회의가 끝나자 무심코 일어섰다. 그런데 K 수녀님은 종이컵에 남아 있던 커피를 모아 두 개의 컵에 가득 채웠다. 전례 단장이었던 내가 "수녀님, 저희가 버리게 이리 주세요." 하였더니 "아닙니다, 제가 수녀원에 가지고 가서 나중에 데워 마실게요." 하고는 아무렇지 않다는 듯 종이컵을 들고 수녀원으로 총총히 올라갔다. 그때 나는 철퇴로 뒤통수를 얻어맞은 느낌이었다. 그날 이후 우리는 수녀님과 식사할 때는 늘 긴장했고 밥알 하나 국물 한 모금 김치 쪼가리 한쪽도 남기지 않았다.

이제 산새들은 무얼 먹을까? 산수유 열매도 다 떨어지고 없는데……. 옷깃만 스쳐도 인연이라 했는데, 어려운 살림 가운데 23년 동안이나 성체를 함께 나누었고 8천 명이 넘는 공동체를 이끌며 하느님의 집을 튼튼하게 지었는데, 그런 추억과 인연들이 그냥 사라지는 건 아니겠지. 수녀님들! 어디를 가든 어느 곳에 계시든 늘 깨끗한 맘 그대로 간직하시고 건강하시길 빕니다. 창공의 새들처럼 가벼이, 곳간을 채우기에 급급하지 않고, 오직 그분만 가슴에 품고 공동체의 카리스마를 지키며 살아가는 전교가르멜 수녀님들! 언제든 명령 한마디만 떨어지면 가방 하나 달랑 들고 소임지로 달려가는 수녀님들! 그 자유롭고 청렴한 당신들의 전교 정신에 경의를 표합니다!

온생명

오늘은 '다름과 차이'라는 주제로 묵
상 거리를 정했다.

'다름'과 '차이'는 눈곱만큼의 부피 차이도 아닐진대, 인류는
그 간극의 작은 차원 하나를 극복하지 못하고 몇천 년 동안 불
목하고 싸우며 서로에게 무덤을 파는 행위를 이어왔다. 실체도
없는 이념과 관념의 덫에 씌워져 또 그것이 부풀려져 인간의
삶을 황폐하게 만들고 세계의 정신을 들끓게 하였다. 대체 이
현상은 무엇 때문에 이토록 끈질기게 이어져오는 것일까? 미
개하지도 않은 21세기 개명(開明) 세상에서 말이다. 인종차별
에서 비롯된 서방의 폭력 사태, 민족과 종교적 갈등으로 빚어
지는 중동 지방의 끊임없는 분쟁, 어린 소년까지 동원된 자살
폭탄 테러 등과 같은 끔찍한 사건을 바라보면서, 문득 '온생명'

이란 말을 떠올리게 되었다.

　몇 년 전, 물리학자 장회익 교수는 '온생명'이란 사상을 들고 나와, 현재 당신의 나이가 30억 년 일흔한 살이라고 주장했다. 즉, 인간의 생명체가 지구상에서 처음으로 만들어진 근간(根幹)까지를 거슬러 올라가야 생명체로서의 가치가 계산된다는 말이었다. 오늘 '그대 살아 있음', 그래서 숨 쉬고 있는 이 생명체는 과연 태양과 물 공기 바람 같은 자연환경 없이도 홀로 존재할 수 있는가, 라는 물음을 던진 것이다. 이처럼 내 개인의 낱생명(개체)에만 갇혀서 세상을 바라보지 말고 '온생명'에 눈을 떠서 세상을 넓게 바라보라는 것이다. 너와 내가 별개의 타자로 존재하는 것이 아니라 생명의 조건으로 더불어 살아가는 이웃 생명이라고. 이처럼 확장된 생명체를 인정하게 되면 세상에 양보하지 못할 일이 없노라고 했다. 몇십 억의 인구가 '네가 믿는 종교가 내가 믿는 종교와 다르'다는 이유만으로 박해하고 쫓아내고 또 쫓겨난 이들은 복수의 칼을 갈며 앙갚음하는 악의 고리로 이어지는 구제 불능의 세상이다. 그 얇디얇은 이념의 벽에 갇혀 증오와 갈등, 죽음과 폭력의 불안에 수십억 인구를 떨게 하는 오늘날의 종교 현상을 콕 짚어낸 발언이었다.

　얼마 전에, 나는 신문기사 한 토막을 읽고 가슴이 먹먹했다. 이스라엘군 보초병의 총에 맞아 희생된 소년의 죽음에 관한 기사였다. 이제 겨우 열두 살에 불과한 팔레스타인 소년 '카티프'는 요르단강 서안의 난민촌에서 장난감 총을 가지고 놀다가 무장한 전사로 오인받아 이스라엘 군인이 쏜 총탄에 쓰러졌다. 소년은 머리와 가슴에 총상을 입고 이스라엘의 한 병원으로 옮겨져 치료를 받았지만 의사로부터 생명의 재생 능력이 없다는 판정을 받았다.

소년의 아버지 이스마일은 참척(慘慽)의 슬픔을 뒤로하고 큰 결정을 내렸다. 소년의 장기를 필요한 사람에게 기증하겠다고 나섰다. 그것도 장기를 받을 사람이 유대인이든 무슬림이든 기독교인이든 가리지 않겠다고 했다. "아들의 장기이식으로 누군가가 새로운 생명을 유지하며 살아갈 수 있다는 것이 중요한 것이다."라고 말했다. 이처럼 한 사람의 진정한 용서가 죽은 자를 살려내고 청맹과니의 눈을 뜨게 하는 기적과도 같은 효력을 지녔다고 본다. 복수와 아집을 뛰어넘어선 한 팔레스타인 부모의 관용이 종교인으로서의 표상이 되었다. 이 어린 육신의 죽음을 통해서 우리는 새로운 눈을 떠 세상을 바라보는 시각을 바꿔야 하지 않겠는가. 세상에 어떤 부모가 생때같은 자식을 잃고 온전히 살아갈 수 있을까? 이스마일 가족에게 남겨진 나날들은 깨진 물독에 물 붓기의 삶이나 마찬가지인 부서진 내일일 것이다.

일찍이 가톨릭교에서 "교회 밖의 사람들도 구원을 받을 수 있다."라고 반포했던 '제2차 바티칸 공의회'의 의의를 상기해본다. 이처럼 새로운 포문을 열었던 교회 정신과 비그리스도교 선언 40돌을 맞아 공동 기도회를 가졌던 우리나라 종교 지도자들의 선행(先行)을 본받아 종교인으로서 실천하는 삶을 살아가고 있는지, 점검해볼 일이다. 아직도 나의 정신은 꽉 막힌 이념의 골목에서 벽돌 노릇을 하고 있지 않은지. 내가 믿는 종교와 교리를 달리하는 종교단체를 외면하고 있는 것은 아닌지. 그들과 연정을 갖기를, 용기 있는 자로서 먼저 손을 내밀어 악수와 친교를 청할 정신 자세를 갖추었는지? 실체도 없는 '관념'과 '이념' 속에서 단 한 번뿐인 우리의 삶을 탕진하고 있는 청맹과니로 살고 있진 않은지.

이제 벽을 넘어서 진정한 이웃으로 다가가는 관용(tolerance)의 시간을 가져야 할 때라고 생각한다. 그런 신앙이야말로 현대종교가 요구하는 실천 사항이며 종교인으로서 지켜야 할 몫이 아니겠는가. '온생명'으로 삶의 장을 넓히면 이웃 아닌 것이 없고 모두가 피붙이 살붙이가 되는 지구촌 생명의 일원들이다. 황현산 평론가는 이런 말을 했다. "삶이라는 작은 차원에 갇혀 있던 우리 인간이 어떻게 하면 존재 내부의 수많은 차원을 발휘할 수 있는가?"라고. 오늘은 이 말을 곱씹으며 묵상에 들었다.

세상,
그물코의
비밀